集傳統文學瑰寶　樹現代教育根基

中國文學

古典精華

戲劇選．小說選

香港中文大學
古典精華編輯委員會　編纂

臺灣商務印書館　發行

序

中央研究院院士　丁邦新教授

在這個功利的社會，有人肯用四五年的時間，不為營利，編一本不賺錢的書；在大眾講求英語水平的風氣之下，有人肯編一本介紹中國文學古典精華的書。主編者有這樣的眼光和毅力，令人不得不向他們致敬。

營利已經是現代社會眾人追求的目標，基本上並沒有什麼錯誤。但是並不能一切都以營利為目的，例如教育的投資就不能計較成本與收益。為了培養具有氣質具有胸襟的下一代，教育投資總是看不到立竿見影的成果。尤其辦大學教育的人更不能短視，更不能惟利是圖。孔子說：「士志於道，而恥惡衣惡食者，未足與議也。」。一個專心一志追求真理的人，對於飲食無須講究。進一步說營利不會是人生惟一的目標，我們所要探究的是「道」。現在的社會中有多少人「志於道」呢？中國魏晉時代的讀書人嚮往一個無憂無爭、自由安樂的理想世界——桃花源，今天我們的桃花源在哪裡？

講求英語水平是現代中國人尤其香港人的生活所需，要追求國際地位、保持經濟繁榮，英語是必須工具。香港所以能有別於大陸和台灣的頂尖城市，就在於社會上能說英語的人多，讓外國人到了香港沒有溝通上的困難。但是這一種需求不能以犧牲自己的中國語文為代價，如果國人對自己的語言文字沒有信心、沒有足夠的掌握能力，而英語卻有一定水平的話，我覺得是「捨本逐末」。值得注意的是本書的兩位執行主編都是學貫中西的人，杜祖貽教授任香港中文大學的講座教授，同時還在美國密西根大學任教；劉殿爵教授返港任中文大學講座教授之前，曾在英國倫敦大學任教。這兩位英語有極高水平的教授為什麼要主編中國文學古典精華的書呢？他們沒有寫序加以說明，我猜他們所以編這樣一本書，正是基於對中國語文的信心，正是基於對中國古典文學的愛好，而古典文學又正是中國文化的瑰寶。要這一代的中國人，下一代的中國人，以及下一代的下一代，有一套可以參考、可以日夕誦讀的《中國文學古典精華》，不至於在追求英語水平的同時對自己的文學傳統卻有陌生之感。

這套書裡，詩歌戲劇小說的選輯佔篇幅的一半，這代表編者的眼光。我也是古典詩歌的愛好者，這些都是經過千百年淘汰之後凝鍊的精華。試問我們這一代人有誰沒有讀過王之渙的「黃河遠上白雲間，一片孤城萬仞山，羌笛何須怨楊柳，春風不度玉門關。」李白的「棄我去者昨日之日不可留，亂我心者今日之日多煩憂，長風萬里送秋雁，對此可以酣高樓。」杜甫的「叢菊兩開他日淚，孤舟一繫故園心。寒衣處處催刀尺，白帝城高急暮砧。」在憂患實多的人生遭際中，古典詩歌在某一時刻撫平了心底的創傷。能與古人神交，多了一份灑脱。

現在這套書要發行臺灣版，我覺得臺灣更是需要這樣的一套書。聽說中學國文課程一再改編，有些名篇已經不在課本裡了。作為愛臺灣愛中國的人，我希望國人能夠讀到范仲淹的〈岳陽樓記〉，李密的〈陳情表〉，和諸葛亮的〈前出師表〉。從讀書中培養愛國愛人的情操，找到自己安身立命的道路。

大概因為我是在臺灣工作多年的人，承主編的好意要我寫序，我想説幾句老實話大概是最恰當的罷！

序

香港中文大學中文講座教授　吳宏一博士

杜祖貽教授一向關心中國古代人文的發展。尤其是對於中國古代文學的名家佳作，他更是情有獨鍾，認為那是中國文化中最寶貴的遺產，不但要繼承保存，而且要發揚光大。於是，在香港圓玄學院的資助之下，他結合了各地的專家學者，編成了目前我們所看到的皇皇三大冊的《中國文學古典精華》。

這三大冊的《中國文學古典精華》，固然是在杜教授的策劃推動之下，逐步完成，但在選材、編注的過程中，香港中文大學中文系的師生，卻有不少人貢獻了心力。特別是總其成的劉殿爵教授，他虛心認真的態度和奉獻犧牲的精神，無疑的，是這套書能夠順利完成的最主要的動力。

說來慚愧，我雖然忝為主編之一，事實上卻只參與了開頭的選材的工作。記得在羅慷烈教授的寓所書房裡，我曾跟劉、羅、杜三位前輩學者，就擬選的篇目展開熱烈的討論。討論的時間雖然很長，大家雖然都覺得累，但是，卻又覺得甚有意義。據我所知，劉教授和羅教授既有博覽群書的學識，又有實事求是的精神，他們對所擬選用的篇目，無不一一仔細斟酌。我所提供的意見，是相當有限的。杜教授具有宏觀的教育理念，善於協調的組織能力，很多人都樂意參與其事，因此，這套書是在不謀個人名利和「廣結善緣」的情況下，順利完成的。

這套書所選的文章，上自先秦，下迄晚清，真的都是「百代之典範，不朽之偉作」，相信誦讀之餘，不但能提高語文程度，而且也能增進文化素養。體例的完善、注解的簡明，對於初學者的幫助，更是不在話下。在同類的選本書籍中，這實在是值得鄭重推薦的好書。不過，站在精益求精的立場，在略讀一過之後，我仍然覺得有些地方值得商榷。例如：介紹蘇軾生平時，說東坡生於宋仁宗景祐三年，卒於宋徽宗建中靖國元年，亦即西元一〇三六～一一〇一年。看似正確，仔細推算，卻不能無疑。蓋東坡生於宋仁宗景祐三年十二月十九日，核對西曆，當時應是西元一〇三七年才對。又例如：杜甫〈聞官軍收河南河北〉注⑦注解「即從巴峽穿巫峽」詩句時，說「巴峽，在湖北巴東西」，這是指今人所稱「三峽」的「巴峽」，實則詩中所說的巴峽，是古人所說的巴中之峽，仍在四川境內，而且還在巫峽（今四川巫山東）的西面，否則就不能「即從巴峽穿巫峽」了。至於像《史記．魏公子列傳》注61的「如姬資之三年」，說「資，蓄。蓄意。」意思是說如姬懷欲報父仇之心有三年之久。這樣的解釋，是否比顧炎武所云「謂以資財求客報仇」，意即「懸賞」的解釋好，那真的是有待高明的判斷了。其他像歸有光〈項脊軒志〉的末段，原是補記附錄的文字，觀「余既為此志，後五年……」數語可知，如果在版面上，能夠另行低格排印，以醒眉目，似乎更為理想。凡此種種，將來修訂的時候能夠從頭再仔細檢查改正，應該可以使這套書更臻於完美。

日前，杜祖貽教授說，這套書即將發行臺灣版，要我寫篇序文。寫序文我不敢當，只是在慶幸好書不寂寞之餘，聊就所知所感，略誌數語而已。

序

新加坡南洋理工大學中文教授　梁榮基博士

《中國文學古典精華》是一本文學選集。內容豐富，體裁多樣化。從古到今，詩詞歌賦，各種文體，無所不包。

這書的編排，除了正文外，每篇文章都有作者介紹、題解和注釋。作者的介紹都能做到簡而不略，詳而不繁的概述；題解也能把文章的出處，主題內容，作了概括性的介紹，扼要的說明；而注解也編排得非常整齊，易於翻檢。同時，注解都以淺白的白話作注，使人易於了解，難讀的字，則有三種不同的注音：即漢語拼音、注音符號及直音。這對讀者來說，都非常方便。

這套選文，從「教」與「學」兩個角度來看，都有積極意義。對語文教師來說，它是一套很有參考價值的補充教材，因為它收集了多種類型的文章，可供選擇；對自學者來說，它可以作為一套完整而有用的文學參考資料，可以當作自修的讀本。只要瀏覽一番，從中選出自己喜歡的文章，用功修讀，一定可以事半功倍，獲益不淺。

將步入二十一世紀的新時代，這套《中國文學古典精華》的編寫，在傳遞中國文化的精華，和推廣中國古典文學的任務上，一定有它特殊的意義。

序

香港中文大學校長　李國章

「言之無文，行之不遠」。孔子這句話不但說明了語文的重要，還確定了語文教育的目的，影響中國文學發展的方向。

香港中文大學教授諸君子有見及此，從豐富的中華文學寶藏中，選取歷代佳作三百餘則，編製成書，作為語文教育的基礎，定名《中國文學古典精華》，廣為發行，以供各地學子誦習。

《中國文學古典精華》是一部不尋常的製作。首先，它是海內外學者們合作的成果。其次，它是一項配合時代發展的長遠計劃：為了精益求精，每三年或五年修訂一次，務求與時俱進，日月常新。

當《中國文學古典精華》臺灣版即將付梓之際，我謹向所有參與此項編纂工作之全體人員衷心祝賀，並對香港圓玄學院資助研究經費，表示由衷的謝意。

序

香港圓玄學院董事會會長 湯國華

國華生當世紀之初，備經家國之憂患，深知百年來中國在列強壓逼下，政治經濟皆陷於崩潰，傳統文化幾蕩然無存，時人又昧於遠見，惟洋是崇，致歧趨日甚，識者憂之，幸天運循環，無往不復。今者，掌實業者知以科技建國，主文教者亦知以承先啟後。國華與圓玄學院同人乃欣然應中文大學劉殿爵教授杜祖貽教授諸君子之議，出資重整國粹，為中國傳統文化之興滅繼絕，盡其微力。

《中國文學古典精華》凡三册，文辭優美，意義深遠，為進德修業所必需，宜大廣為傳誦。圓玄屬下各校員生，自當首為響應，善為研習。此書之成，香港中文大學李國章校長、高錕教授及參與編纂之海內外學者，厥功至偉，感佩之餘，略陳所見，並表祝賀之意。

編製計畫顧問及編輯人員名表

主編 杜祖貽 執行主編 劉殿爵 執行主編 馮鍾芸 曾志朗 趙　毅 吳宏一

顧問 李國章 高　錕 馬　臨 湯國華 趙鎮東 湯偉奇

榮譽顧問 王叔岷 朱光亞 任繼愈 吳大猷 呂叔湘 李　棪 李遠哲 林　庚
季羨林 周策縱 柳存仁 馬　臨 陳　原 陳　槃 張岱年 勞　榦
楊向奎 盧嘉錫 羅慷烈 兼編纂顧問 蘇文擢 顧廷龍 饒宗頤

編審委員 丁邦新 王邦雄 王晉江 王書輝 兼執行編輯 王榮順 王壽南 吳秀方
佘汝豐 何文匯 何沛雄 李海績 宋衍申 谷雲義 周敬思 林業強
馬國權 倫熾標 陳方正 陳天機 陳　特 張以仁 陳萬雄 梁榮基
常宗豪 曾永義 黃坤堯 黃啟方 黃啟昌 游銘鈞 詹子慶 鄧仕樑

鄭良樹　黎民頌　賴恬昌　劉述先　劉乾先　戴連璋　魏維賢　嚴瑞源

編纂委員
王德忠　王　濤　李　立　何宛英　李德山　呂娜莉　岑練英（兼技術顧問）
沈鑫添　周奇文　侯占虎　胡從經（兼技術顧問）　孫　晶　張玉春　張在義
陳向春　陳偉樂　曹書傑　景有泉　董蓮池　董鐵松　廖建強　劉莉萱
劉素絢　謝　孟　關志雄　韓格平　羅鳴謙　蘇廷弼（兼技術顧問）

校核
招祥麒　凌友詩　龔因心

資料助理
于宗麒　伍文彥　伍詠慈　朱國輝　何世昌　何君雅　吳嘉儀　吳曉琳
李伴培　周松亞　林小燕　唐潔珊　徐曼慧　殷小芸　梁醒標　許彬彬
郭展明　郭詩詠　陳天賜　曾慧絲　黃景星　黃嘉雯　黃錦佳　雷浩妍
劉　梅　歐美儀　蔡文軒　蔡潔然　鄭美恩　鄧穎雯　謝瑞芸　鍾潔愉
關詠賢　嚴志恆　蘇家輝

臨時助理
江力麗　徐敏玲　許一芹　陳燕琼　麥奐南　萬敏莉　鄔嫵妮　趙詠琴

潘偉珊 潘燕妮 蔡雪華 鄧淑儀 蕭苑慈 羅 婷 譚廣鴻

助理編輯 李詩琳 文寬謙 司徒國健 李國良 杜詩穎 郭劍鋒 劉禧鳳 吳玉蘭

凡例

宗旨 本書之編纂，為加強中國語文教育之成效，並提供雅好中國古典文學者之參考，精選歷代文學佳構，以為各級學子及社會人士誦習之基本材料。

取材 所選篇章，上自先秦，下迄清代，莫非百代之典範，不朽之偉作，而率以善本為據。往昔童蒙所用範本之雅正者，亦多採入。

編次 各體文章，分為文選、詩詞散曲選、戲劇選及小說選四部分，每部分均依作者生年先後編排。其生年不詳者，則據其生活之大約時代編次。

格式 每篇均按正文、作者、題解及注釋四類編次。作者則著其字號、生卒、爵里、生平、志趣、思想、成就及著述。生卒之年以中華紀元先引，輔以西元，以姜亮夫《歷代人物年里碑傳綜表》為準，間有缺漏不詳者，則據史傳補入或注以待考。題解則著其原文出處，文章旨要、時代背景與文學價值，而力求明確扼要。注釋則凡難解之字句，皆予詮釋，所附注音則漢語拼音、國語注音及直音三種皆備。

參考 本書引用文獻之目錄，依時代先後次序排列，附於卷末。

修訂 本書編纂，範圍廣大而時間短促，疏漏固所難免，深望大雅君子，惠予教正，俾能於重修再版時補闕正誤。

目 錄

小說選

戲劇選

竇娥冤・感天動地竇娥冤

關漢卿

（外①扮監斬官上，云）下官②監斬官是也。今日處決犯人，著做公的把住巷口③，休放往來人閒走。（淨④扮公人鼓三通、鑼三下科⑤。劊子磨旗⑥、提刀，押正旦⑦帶枷上。劊子云）行動些⑧，行動些，監斬官去法場⑨上多時了！（正旦唱）

〔正宮〕⑩〔端正好〕⑪沒來由犯王法，不提防遭刑憲⑫，叫聲屈動地驚天！頃刻間遊魂先赴森羅殿⑬，怎不將天地也生⑭埋怨？

〔滾繡球〕有日月朝暮懸，有鬼神掌著生死權，天地也，只合⑮把清濁分辨，可怎生錯看了盜跖顏淵⑯？為善的受貧窮更命短，造惡的享富貴又壽延。天地也，做得個怕硬欺軟，卻原來也這般順水推船⑰。地也，你不分好歹何為地？天也，你錯勘⑱賢愚枉做天！哎，只落得兩淚漣漣。

（劊子云）快行動些，誤了時辰也。（正旦唱）

〔倘秀才〕則⑲被這枷扭的我左側右偏，人擁的我前合後偃⑳。我竇娥向哥哥行㉑有句言；（劊子云）你有甚麼話說？（正旦唱）前街裡去心懷恨，後街裡去死無冤，休推辭路遠。

（劊子云）你如今到法場上面，有甚麼親眷要見的？可教他過來，見你一面也好。（正旦唱）

〔叨叨令〕可憐我孤身隻影無親眷，則落的吞聲忍氣空嗟怨。（劊子云）難道你爺娘家也沒的？（正旦云）止有個爹爹，十三年前上朝取應㉒去了，至今杳無音信。（唱）早已是十年多不睹爹爹面。（劊子云）你適纔㉓要我往後街裡去，是甚麼主意？（正旦唱）怕則怕前街裡被我婆婆見。（劊子云）你的性命也顧不得，怕他見怎的？（正旦云）俺婆婆若見我披枷帶鎖，赴法場餐刀㉔去呵，（唱）枉將他氣殺也麼哥㉕，枉將他氣殺也麼哥！告㉖哥哥，『臨危好與人行方便。』

（卜兒㉗哭上科，云）天那，兀的㉘不是我媳婦兒！（劊子云）婆子靠後！（正旦云）既是俺婆婆來了，叫他來，待我囑付他幾句話咱㉙。（劊子云）那婆子近前來，你媳婦要囑付你話哩。（卜兒云）孩兒，痛殺我也！（正旦云）婆婆，那張驢兒把毒藥放在羊肚兒湯裡，實指望藥死了你，要霸佔我為妻。不想婆婆讓與他老子吃，倒把他老子藥死了。我怕連累婆婆，屈招了藥死公公，今日赴法場典刑㉚。婆婆，此後遇著冬時年節㉛，月一十五㉜，有瀽不了的漿水飯㉝，瀽半碗兒與我吃；燒不了的紙錢，與竇娥燒一陌兒㉞，則是看你死的孩兒面上！（唱）

〔快活三〕念竇娥葫蘆提當罪愆㉟，念竇娥身首不完全，念竇娥從前已往幹家緣㊱。婆婆也，你只看竇娥少爺無娘面。

〔鮑老兒〕念竇娥伏侍婆婆這幾年，遇時節將碗涼漿奠；你去那受刑法尸骸上烈㊲些紙錢，只當把你亡化的孩兒薦㊳。（卜兒哭科，云）孩子兒放心，這個老身都記得。天那，兀的不痛殺我也！（正旦唱）婆婆也，再也不要啼啼哭哭，煩煩惱惱，怨氣衝天。這都是我做竇娥的沒時沒運，不明不暗㊴，負屈銜冤。

（劊子做喝科，云）兀那婆子靠後，時辰到了也。（正旦跪科）（劊子開枷科）（正旦云）竇娥告監斬大人，有一事肯依竇娥，便死而無怨。（監斬官云）你有甚麼事？

你說。（正旦云）要一領淨席㊵，等我竇娥站立；又要丈二白練㊶，挂在旗槍㊷上。若是我竇娥委實冤枉，刀過處頭落，一腔熱血，休半點兒沾在地下，都飛在白練上者㊸。（監斬官云）這個就依你，打甚麼不緊㊹。（劊手做取席站科，又取白練挂旗上科）

（正旦唱）

〔耍孩兒〕不是我竇娥罰㊺下這等無頭願，委實的冤情不淺。若沒些兒靈聖與世人傳，也不見得湛湛青天㊻。我不要半星熱血紅塵灑，都只在八尺旗槍素練懸，等他四下裡皆瞧見。這就是咱萇弘化碧㊼，望帝啼鵑㊽。

（劊子云）你還有甚的說話？此時不對監斬大人說，幾時說那！（正旦再跪科，云）大人，如今是三伏㊾天道，若竇娥委實冤枉，身死之後，天降三尺瑞雪，遮掩了竇娥尸首。（監斬官云）這等三伏天道，你便有衝天的怨氣，也召不得一片雪來。可不胡說！

（正旦唱）

〔二煞〕你道是暑氣暄㊿，不是那下雪天，豈不聞飛霜六月因鄒衍(51)？若果

有一腔怨氣噴如火，定要感的六出冰花㊾滾似綿，免著我尸骸現。要甚麼素車白馬㊿，斷送出古陌荒阡51！

（正旦再跪科，云）大人，我竇娥死的委實冤枉，從今以後，著這楚州亢旱52三年。

（監斬官云）打嘴！那有這等說話！（正旦唱）

〔一煞〕你道是天公不可期53，人心不可憐，不知皇天也肯從人願。做甚麼三年不見甘霖降？也只為東海曾經孝婦冤54，如今輪到你山陽縣。這都是官吏每55無心正法，使百姓有口難言！

（劊子做磨旗科，云）怎麼這一會兒天色陰了也？（內56做風科。劊子云）好冷風也！

（正旦唱）

〔煞尾〕浮雲為我陰，悲風為我旋，三樁兒誓願明題遍。（做哭科，云）婆婆也，直等待雪飛六月，亢旱三年呵，（唱）那其間纔把你個屈死的冤魂這竇娥顯！

（劊子做開刀，正旦倒科）（監斬官驚云）呀，真個下雪了，有這等異事！（劊子云）我也道平日殺人，滿地都是鮮血。這個竇娥的血，都飛在那丈二白練上，并無半點落地，委實奇怪。（監斬官云）這死罪必有冤枉。早兩樁兒應驗了，不知亢旱三年的說話，准也不准？且看後來如何。左右，也不必等待雪晴，便與我抬他尸首，還了那蔡婆婆去罷。（眾應科，抬尸下）

作者

關漢卿見〈四塊玉〉（南畝耕）作者部分。

題解

本篇節選自元雜劇《竇娥冤》第三折的後半部，是全劇高潮的所在，版本據人民文學出版社的《全元戲曲》。

雜劇是一種綜合性的表演藝術，由套曲、賓白（賓是對話，白是獨白）、角色和做作等組成。元代雜劇一般分四折，一折即一幕，另加楔子，是介紹劇情的引子。

《竇娥冤》是元雜劇最感人的作品之一。主角竇娥，因父親無力還債，自少便被典押給蔡婆婆為童養媳。長大後，與蔡婆婆的兒子成婚。可是不到兩年，丈夫便去世了，婆媳二人從此相依為命。其後，惡棍張驢兒為要霸佔竇娥，企圖用藥毒死蔡婆婆，不料竟誤毒了自己的父親。州官因為接受了張驢兒的賄賂，遂誣竇娥以殺人之罪，判處斬決。三年後，竇娥父親竇天章中了舉，任肅政廉訪使。竇娥報夢父親，訴說冤情。天章逮捕了真兇，而竇娥亦沈冤得雪。本節主要寫竇娥被押上刑場時的悲怨和臨刑前立願的動人情景。

注釋

① 外：外末的簡稱，雜劇角色名，正末之外的次要末角，扮演劇中次要男性人物。

② 下官：古代官人謙虛的自稱。

③ 著做公的把住巷口：著，派。做公的，衙門中的差役。把住，看守住。

④ 淨：角色名，俗稱花臉、花面，扮演剛猛、奸詐一類角色。

⑤ 鼓三通、鑼三下科：三通，打鼓一陣叫一通。科，元雜劇劇本中表示角色進行某種動作、表情的術語。

⑥ 磨旗：搖旗。

⑦ 正旦：角色名，扮演女主角的角色。劇本中竇娥擔當此角。

⑧ 行動些：走快些。

⑨ 法場：刑場。

⑩ 〔正宮〕：宮調名，類似現在的樂調。

⑪ 〔端正好〕：曲牌名。下〔滾繡球〕、「倘秀才」、〔叨叨令〕、〔快活三〕、〔鮑老兒〕、〔耍孩兒〕、〔二煞〕、〔一煞〕、〔煞尾〕均曲牌名。

⑫ 遭刑憲：憲，法。此謂遭受刑法懲處。

⑬ 森羅殿：指陰間閻王審案的廳堂，又稱閻羅殿。

⑭ 也生：也，語氣詞。生，深深地。

⑮ 合：應該。

⑯ 可怎生錯看了盜跖顏淵：盜跖，相傳為春秋時的大盜。顏淵，孔子弟子，被推崇的賢人。二人泛指壞人和好人。跖(漢) zhí (國) ㄓˊ 音直。

⑰ 順水推船：比喻乘便行事。

⑱ 勘：判。勘(漢) kān (國) ㄎㄢ 音堪。

⑲ 則：只。

⑳ 前合後偃：偃，仰面倒下。句謂前仆後倒。偃(漢) yǎn (國) ㄧㄢˇ 音演。

㉑ 哥哥行：行，宋元口語裡用於人稱代詞後面，以指示方位。哥哥行，即哥哥那裡。

㉒上朝取應：到京城裡應考。
㉓適纔：剛才。
㉔餐刀：挨刀。
㉕也麼哥：元曲中語尾助詞。
㉖告：請求。
㉗卜兒：元雜劇中老年婦女的俗稱。此劇指竇娥的婆婆。
㉘兀的：起指示作用的詞，如同「這」，表示驚訝的語氣。
㉙咱：元曲中句末語氣詞，類似「也」字。
㉚典刑：指受死刑。
㉛冬時年節：冬至和過年。
㉜月一十五：初一和十五。
㉝有瀽不了的漿水飯：瀽，潑、倒。漿水飯，稀粥、米湯。瀽(漢)jiǎn (國)ㄐㄧㄢˇ音剪。
㉞與竇娥燒一陌兒：與，給。陌，通百。一陌兒，指一百張紙錢。
㉟念竇娥葫蘆提當罪愆：葫蘆提，糊裡糊塗。罪愆，罪過。
㊱幹家緣：料理家務。
㊲烈：燒。
㊳只當把你亡化的孩兒薦：亡化，死去。薦，祭奠。
㊴不明不暗：不明不白地。
㊵一領淨席：一張整潔的草席。
㊶丈二白練：一丈二尺的白綢。
㊷旗槍：指旗桿頂端的金屬裝飾物。

43 者：語尾助詞。

44 打甚麼不緊：有甚麼要緊。

45 罰：這裡是發的意思。指說出、表達。

46 若没些兒靈聖與世人傳，也不見得湛湛青天：靈聖，指鬼神顯示的靈驗。不見得，看不見。湛湛青天，形容天道清明、天理昭彰。

47 萇弘化碧：萇弘，周朝賢臣，無辜被害。三年後，其當日所流之血化為碧玉。事見《拾遺記》。萇（漢）cháng（國）ㄔㄤˊ 音常。

48 望帝啼鵑：古代神話，說蜀王杜宇，號望帝，被其相鱉靈所逼，遜位後隱居深山，死後其魂化為杜鵑，日夜悲啼，啼聲淒厲。事見《寰宇記》。

49 三伏：謂初伏、中伏、終伏，是一年中最熱的時候。

50 暄：暖。

51 飛霜六月因鄒衍：鄒衍，戰國時燕國人，忠於燕惠王，燕惠王聽信讒言把他囚禁。傳說他入獄時仰天大哭，竟感動炎夏六月下起霜來。後遂以六月飛霜比喻冤獄。

52 六出冰花：指雪花。雪結晶一般為六角形，所以說六出。

53 素車白馬：東漢時，范式與張劭友好。劭死，式自遠地乘白車白馬往弔喪。後以素車白馬指弔喪送葬。

54 斷送出古陌荒阡：斷送出，送往。陌阡，原指田間小路。古陌荒阡，謂人跡罕至的荒郊野外。

55 亢旱：大旱。

56 期：寄以希望。

57 東海曾經孝婦冤：民間傳說，謂漢代東海有寡婦名周青，侍婆婆至孝。婆婆年老，不願拖累媳婦，遂自縊而死。小姑誣告周青殺了婆婆，地方官不察，判周青死刑。周青死後，東海一帶大旱三年。後來有個名于公的清官替她申冤，天才下雨。

㊿8 每：同們。

㊿9 內：指後台。

西廂記・長亭送別

王實甫

（夫人長老①上云）今日送張生赴京，就十里長亭②，安排下筵席。我和長老先行，不見張生小姐來到。（旦末紅③同上）（旦云）今日送張生上朝取應④。早是離人傷感，況值那暮秋天氣，好煩惱人也呵！悲歡聚散一杯酒，南北東西萬里程。

〔正宮〕⑤〔端正好〕⑥碧雲天，黃花地，西風緊，北雁南飛。曉來誰染霜林醉？總是離人淚。

〔滾繡毬〕恨相見得遲，怨歸去得疾。柳絲長玉驄⑦難繫，恨不得倩⑧疏林挂住斜暉。馬兒迍迍⑨的行，車兒快快的隨，卻告了相思迴避，破題兒⑩又早別離。聽得道一聲「去也」，鬆了金釧⑪；遙望見十里長亭，減了玉肌⑫。此恨誰知！

（紅云）姐姐今日怎麼不打扮？（旦云）你那知我的心哩！

〔叨叨令〕見安排著車兒、馬兒，不由人熬熬煎煎的氣。有甚麼心情將花兒、靨⑬兒，打扮的嬌嬌滴滴的媚。准備著被兒、枕兒，則索⑭昏昏沉沉的睡。從今後衫兒、袖兒，都搵⑮濕做重重疊疊的淚。兀的不悶殺人也麼哥⑯，兀的不悶殺人也麼哥！久已後書兒、信兒，索與我恓恓惶惶⑰的寄。

（做到了科⑱，見夫人了）（夫人云）張生和長老坐，小姐這壁⑲坐，紅娘將⑳酒來。張生，你向前來，是自家親眷，不要迴避。俺今日將鶯鶯與你，到京師休辱末㉑了俺孩兒，掙揣一箇狀元回來者㉒。（末云）小生託夫人餘蔭，憑著胸中之才，覷官如拾芥耳㉓。（潔㉔云）夫人主張不差，張生不是落後的人。（把酒了，坐）（旦長吁科）

〔脫布衫〕下西風黃葉紛飛，染寒煙衰草萋迷㉕。酒席上斜簽著坐的㉖，蹙愁眉死臨侵地㉗。

〔小梁州〕我見他閣淚汪汪不敢垂，恐怕人知。猛然見了把頭低，長吁氣，推整素羅衣。

〔么篇〕雖然久後成佳配，奈㉘時間怎不悲啼。意似癡，心如醉，昨宵今日，清減了小腰圍。

（夫人云）小姐把盞者！（紅遞酒了，旦把盞長吁科云）請喫酒！

〔上小樓〕合歡未已，離愁相繼。想著俺前暮私情，昨夜成親，今日別離。我諗知㉙這幾日相思滋味，卻元來㉚此別離情更增十倍。

〔么篇〕年少呵輕遠別，情薄呵易棄擲。全不想腿兒相壓，臉兒相偎，手兒相攜。你與俺崔相國做女壻，妻榮夫貴，但得箇並頭蓮，煞強如狀元及第。

（夫人云）紅娘把盞者！（紅把酒科）（旦唱）

〔滿庭芳〕供食太急，須臾對面，頃刻別離。若不是酒席間子母每當迴避，有心待與他舉案齊眉㉛。雖然是廝守得一時半刻，也合著俺夫妻每共桌而食。眼底空留意，尋思起就裡，險化做望夫石㉜。

（紅云）姐姐不曾喫早飯，飲一口兒湯水。（旦云）紅娘呵，甚麼湯水嚥得下！

〔快活三〕將來的酒共食，嘗著似土和泥；假若便是土和泥，也有些土氣息，泥滋味。

〔朝天子〕煖溶溶玉醅，白泠泠似水，多半是相思淚。眼面前茶飯怕不待要㉝喫，恨塞滿愁腸胃。蝸角虛名，蠅頭微利㉞，拆鴛鴦在兩下裡。一個這壁，一個那壁，一遞一聲㉟長吁氣。

（夫人云）輛起車兒㊱，俺先回去，小姐隨後和紅娘來。（下）（末辭潔科）（潔云）此一行別無話說，貧僧准備買登科錄看，做親的茶飯少不得貧僧的。先生在意，鞍馬上保重者！從今經懺無心禮㊲，專聽春雷第一聲㊳。（下）（旦唱）

〔四邊靜〕霎時間杯盤狼籍，車兒投東，馬兒向西。兩意徘徊，落日山橫翠。知他今宵宿在那裡？有夢也難尋覓。

張生，此一行得官不得官，疾早便回來。（末云）小生這一去，白奪一箇狀元，正是：青霄有路終須到，金榜無名誓不歸。（旦云）君行別無所贈，口占一絕，為君送行：

棄擲今何在，當時且自親。還將舊來意，憐取眼前人。（末云）小姐之意差矣，張珙更敢憐誰？謹賡㊴一絶，以剖寸心：人生長遠別，孰與最關親？不遇知音者，誰憐長歎人？（旦唱）

〔耍孩兒〕淋漓襟袖啼紅淚㊵，比司馬青衫更溼㊶。伯勞東去燕西飛㊷，未登程先問歸期。雖然眼底人千里，且盡生前酒一杯。未飲心先醉，眼中流血，心裡成灰。

〔五煞〕到京師服水土，趁程途節飲食，順時自保揣㊸身體。荒村雨露宜眠早，野店風霜要起遲！鞍馬秋風裡，最難調護，最要扶持。

〔四煞〕這憂愁訴與誰？相思只自知，老天不管人憔悴。淚添九曲黃河溢，恨壓三峰華岳㊹低。到晚來悶把西樓倚，見了些夕陽古道，衰柳長隄。

〔三煞〕笑吟吟一處來，哭啼啼獨自歸。歸家若到羅幃裡，昨日箇繡衾香暖留春住，今夜箇翠被生寒有夢知。留戀你別無意，見據鞍上馬，閣不住淚眼愁眉。

（末云）有甚言語囑付小生咱㊺？（旦唱）

〔二煞〕你休憂文齊福不齊，我則怕你停妻再娶妻。你休要一春魚雁無消息㊻！我這裡青鸞㊼有信頻須寄，你卻休金榜無名誓不歸。此一節君須記：若見了那異鄉花草，再休似此處棲遲。

（末云）再誰似小姐？小生又生此念。（旦唱）

〔一煞〕青山隔送行，疏林不做美，淡煙暮靄相遮蔽。夕陽古道無人語，禾黍秋風聽馬嘶。我為甚麼嬾上車兒內，來時甚急，去後何遲？

（紅云）夫人去好一會，姐姐，咱家去！（旦唱）

〔收尾〕四圍山色中，一鞭殘照裡。遍㊽人間煩惱填胸臆，量這些大小車兒如何載得起？

（旦紅下）（末云）僕童趕早行一程兒，早尋箇宿處。淚隨流水急，愁逐野雲飛。

（下）

作者

王實甫，名德信，以字行。生卒年無可考，有說他的活動年代大約在元成宗元貞、大德年間（西元一二九五年——西元一三〇七年前後），比關漢卿要晚一些。大都（今北京）人，是著名的雜劇作家。

王實甫的雜劇創作，今存十四種，完整的有《崔鶯鶯待月西廂記》、《四丞相高會麗春堂》及《呂蒙正風雪破窯記》三種，只存殘曲的有《蘇小卿月夜販茶船》及《韓彩雲絲竹芙蓉亭》等。他的作品，大都以描寫青年男女追求幸福生活，非議虛偽禮教為主。其文筆華美而富神韻，在當時已負盛名，其中《西廂記》更被譽為「天下奪魁」之作。

題解

本篇選自雜劇《西廂記》第四本第三折，版本據中華書局排印本。

《西廂記》全名《崔鶯鶯待月西廂記》，演述崔鶯鶯和張生的愛情故事。王實甫根據唐元稹的《會真記》與金人董解元《西廂記諸宮調》的基本故事情節，加以推演和發揮而成，使《西廂記》無論在主題、人物和情節都更趨完美。

故事寫窮書生張生在偶然的機會下，救回被賊虜去的崔鶯鶯，二人由一見傾心，而至私訂終生。然而崔相國夫人卻認為二人並不門當戶對，要以張生考取功名作為結合的條件。其後張生上京應試，果然狀元及第，有情人終成眷屬。本折稱作「長亭送別」，是《西廂記》劇中最膾炙人口的片段。它寫鶯鶯、紅娘、老夫人等到十里長亭為「上朝取應」的張生餞行的情況。整折刻畫崔鶯鶯和張生分別前難捨難分的複雜心緒，也反映出他們在傳統社會的規範下，爭取戀愛自由的決心。

注釋

① 夫人長老：夫人，崔相國夫人，崔鶯鶯之母。長老，寺院裡的住持和尚，此指普救寺的法本。

② 十里長亭：原是建於路旁供休息的亭舍，後來成為人們送別地點的泛稱。

③ 旦末紅：旦，元雜劇中的女角。此指扮演鶯鶯的演員。末，元雜劇中的男角。此指扮演張生的演員。紅，鶯鶯丫環紅娘。

④ 上朝取應：上京城應考。

⑤ 〔正宮〕：宮調之一。

⑥ 〔端正好〕：曲牌名。下〔滾繡毬〕、〔叨叨令〕等均曲牌名。

⑦ 玉驄：青白色的馬。驄(漢) cōng (國) ㄘㄨㄥ 音匆。

⑧ 倩：請、讓之意。

⑨ 迍迍：行動遲緩的樣子。迍(漢) tún (國) ㄊㄨㄣˊ 音屯。

⑩ 破題兒：唐宋文人稱詩賦起首幾句為破題，後用此語表示開頭、頭一次之意。

⑪ 釧：鐲子。釧(漢) chuàn (國) ㄔㄨㄢˋ 音串。

⑫ 玉肌：形容女子潤澤瑩潔的肌膚。

⑬ 靨：指婦女面部的一種妝扮。靨(漢) yè (國) ㄧㄝˋ 音頁。

⑭ 則索：只得。

⑮ 揾：揩拭。揾(漢) wèn (國) ㄨㄣˋ 音問。

⑯ 兀的不悶殺人也麼哥：兀的，起指示作用的詞，如同「這」。也麼哥，元曲中語末助詞，有加強語氣

的作用。

⑰ 恓恓惶惶：急急忙忙的樣子。

⑱ 科：元雜劇劇本中表示角色進行某種動作、表情的術語。

⑲ 這壁：這邊。下「那壁」即那邊。

⑳ 將：拿。

㉑ 辱末：即辱没、玷污。指未考中，身份地位與相國小姐不相配。

㉒ 掙揣一箇狀元回來者：掙揣，奮力爭取。者，語末助詞。揣㊂chuāi㊀ㄔㄨㄞ音踹上聲。

㉓ 覷官如拾芥耳：覷，看待，芥，小草。拾芥，比喻輕而易舉。句謂視取得功名官位，如拾芥一樣容易。覷㊂qù㊀ㄑㄩˋ音趣。

㉔ 潔：指和尚。元雜劇稱和尚為潔郎，省作潔。

㉕ 衰草萋迷：即枯草遍地。

㉖ 酒席上斜簽著坐的：簽，插。這裡指張生。

㉗ 死臨侵地：指憔悴無力、無精打彩的樣子。

㉘ 奈：無奈。

㉙ 諗知：熟知、深知。諗㊂shěn㊀ㄕㄣˇ音審。

㉚ 元來：同原來。

㉛ 舉案齊眉：案，古時進食用的短足木盤。據《後漢書・梁鴻傳》載，梁鴻的妻子孟光每次遞飯給梁鴻時，總要舉案齊眉。後世就用「舉案齊眉」表示夫妻相敬。

㉜ 望夫石：傳說古代有個女子，每天登山眺望遠行服役的丈夫，日久化而為石，後世稱此石為望夫石。事見《神異記》。

㉝ 怕不待要：難道不要。

㉞ 蝸角虛名，蠅頭微利：蝸角，蝸牛角，比喻微細。蝸角虛名，謂微不足道的名譽，事見《莊子・則陽》。蠅頭，亦微細之喻。蠅頭微利，謂薄利，事見班固〈難莊論〉。

㉟ 一遞一聲：遞，交替。即你一聲我一聲。

㊱ 輛起車兒：套上車子。

㊲ 從今經懺無心禮：經懺，指佛經。禮，指誦習。

㊳ 春雷第一聲：指考中的消息。

㊴ 賡：連續，酬和。賡 (漢) gēng (國) ㄍㄥ 音庚。

㊵ 紅淚：泛指女子離別父母或丈夫時所流苦痛之淚，事見《拾遺記》。

㊶ 比司馬青衫更溼：唐代詩人白居易貶為江州司馬時，曾在潯陽江邊遇琵琶女，因作〈琵琶行〉一詩，詩末云：「座中泣下誰最多，江州司馬青衫溼。」此處借用，以表達鶯鶯別張生時極為淒苦之情。

㊷ 伯勞東去燕西飛：伯勞，鳥名。樂府〈東飛伯勞歌〉：「伯勞東去燕西飛。」這裡比喻情人離別。

㊸ 保揣：保重。揣，量度。

㊹ 三峰華岳：指華山三峰，即蓮花峰、毛女峰、松檜峰。

㊺ 咱：元曲中句末語氣助詞，類似「也」字。

㊻ 一春魚雁無消息：用秦觀〈鷓鴣天〉詞句。古時相傳魚和雁都能替人傳書。這裡表示音信斷絕之意。

㊼ 青鸞：青鳥，神話中能送信的鳥。

㊽ 遍：整個。

琵琶記・糟糠自厭

高明

〔旦①上唱〕〔山坡羊〕②亂荒荒不豐稔的年歲③，遠迢迢不回來的夫婿。急煎煎不厭煩的二親④，軟怯怯不濟事的孤身己⑤。衣盡典，寸絲不挂體。幾番要賣了奴身己，爭奈沒主公婆教誰看取？（合）思之，虛飄飄命怎期⑥？難捱，實丕丕⑦災共危。

〔前腔〕滴溜溜難窮盡的珠淚，亂紛紛難寬解的愁緒。骨崖崖⑧難扶持的病體，戰欽欽⑨難捱過的時和歲。這糠呵，我待不吃你，教奴怎忍飢？我待吃呵，怎吃得？（介⑩）苦！思量起來不如奴先死，圖得不知他親死時。（合前）

（白）奴家早上安排些飯與公婆，非不欲買些鮭菜⑪，爭奈無錢可買。不想婆婆抵死埋冤，只道奴家背地吃了甚麼。不知奴家吃的卻是細米皮糠，吃時不敢教他知道，只得

回避。便埋冤殺了，也不敢分說。苦！真實這糠怎的吃得。（吃介）（唱）

〔孝順歌〕嘔得我肝腸痛，珠淚垂，喉嚨尚兀自牢嘎住⑫。糠！遭礱⑬被舂杵，篩你簸揚你，吃盡控持⑭。悄似⑮奴家身狼狽，千辛萬苦皆經歷。苦人吃著苦味，兩苦相逢，可知道欲吞不去。（吃吐介）（唱）

〔前腔〕糠和米，本是兩倚依，誰人簸揚你作兩處飛？一賤與一貴，好似奴家共夫婿，終無見期。丈夫，你便是米麼，米在他方沒尋處。奴便是糠麼，怎的把糠救得人飢餒？好似兒夫出去，怎的教奴，供給得公婆甘旨⑯？（不吃放碗介）（唱）

〔前腔〕思量我生無益，死又值甚的！不如忍飢為怨鬼。公婆年紀老，靠著奴家相依倚，只得苟活片時。片時苟活雖容易，到底日久也難相聚。謾⑰把糠來相比，這糠尚兀自有人吃，奴家骨頭，知他埋在何處？

（外淨⑱上探白）媳婦，你在這裡說甚麼？（旦遮糠介）（淨搜出打旦介）（白）公公，你看麼？真個背後自逼邏⑲東西吃，這賤人好打！（外白）你把他吃了，看是甚麼

物事⑳？（淨荒吃介）（吐介）（外白）媳婦，你逼邏的是甚麼東西？（旦介）（唱）

〔前腔〕**這是穀中膜，米上皮，將來逼邏堪療飢。**（外淨白）這是糠，你卻怎的吃得？（旦唱）**嘗聞古賢書，狗彘食人食㉑，**公公，婆婆，**須強如草根樹皮。**（外淨白）這的不嗄殺了你？（旦唱）**嚼雪餐氈㉒蘇卿猶健，餐松食柏㉓到做得神仙侶，縱然吃些何慮？**（白）公公，婆婆，別人吃不得，奴家須是吃得。（外淨白）胡說！偏你如何吃得？（旦唱）**爹媽休疑，奴須是你孩兒的糟糠妻室㉔！**

（外淨哭介白）原來錯埋冤了人，兀的㉕不痛殺了我！（倒介）（旦叫介唱）

〔雁過沙〕**他沈沈向迷途，空教我耳邊呼。**公公，婆婆，**我不能盡心相奉事，番㉖教你為我歸黃土。**公公，婆婆，**人道你死緣何故？**公公，婆婆，**你怎生割捨拋棄了奴？**

（白）公公，婆婆。（外醒介唱）

〔前腔〕媳婦，你耽飢㉗事公姑。媳婦，你耽飢怎生度？錯埋冤你也不肯辭㉘，我如今始信有糟糠婦。媳婦，我料應不久歸陰府。媳婦，你休便為我死的把生的受苦。（旦叫婆婆介唱）

〔前腔〕婆婆，你還死教奴家怎支吾㉙？你若死教我怎生度？我千辛萬苦回護丈夫㉚，如今到此難回護。我只愁母死難留父，況衣衫盡解，囊篋又無。

（外叫淨介唱）

〔前腔〕婆婆，我當初不尋思，教孩兒往皇都。把媳婦閃得苦又孤，把婆婆送入黃泉路，只怨是我相耽誤。我骨頭未知埋在何處所？

（旦白）婆婆都不省人事了，且扶入裡面去。正是：青龍共白虎同行，吉凶事全然未保㉛。（並下）（末㉜上白）福無雙至猶難信，禍不單行卻是真。自家為甚說這兩句？為鄰家蔡伯喈妻房，名喚做趙氏五娘子，嫁得伯喈秀才，方才兩月，丈夫便出去赴選。自去之後，連年饑荒，家裡只有公婆兩口，年紀八十之上，甘旨之奉，虧殺這趙五娘子，把些衣服首飾之類盡皆典賣，糴㉝些糧米做飯與公婆吃，他卻背地裡把些細米皮糠逼邏充飢。唧唧㉞，這般荒年饑歲，少甚麼有三五個孩兒的人家，供膳㉟不得爹娘。這個小娘子，真個今人中少有，古人中難得。那公婆不知道，顛倒把他埋冤；今來㊱聽得他公婆知道，卻又痛心都害了病。俺如今去他家裡探取消息則個㊲。（看介）這個來的卻是蔡小娘子，怎生恁地㊳走得慌？（旦慌走上介白）天有不測風雲，人有旦夕禍福。（見末介）公公，我的婆婆死了。（末介）我卻要來。（旦白）公公，我衣衫首飾盡行典賣，今日婆婆又死，教我如何區處㊴？公公可憐見，相濟㊵則個。（末白）不妨，婆婆衣衾棺槨㊶之費皆出於我，你但盡心承值㊷公公便了。（旦哭介唱）

〔玉包肚〕千般生受㊸，教奴家如何措手？終不然把他骸骨，沒棺槨送在荒丘？（合）相看到此，不由人不珠淚流，正是不是冤家不聚頭。（末唱）

〔前腔〕不須多憂，送婆婆是我身上有。你但小心承值公公，莫教又成不救。（合前）（旦白）如此，謝得公公！只為無錢送老娘。（末白）娘子放心，須知此事有商量。（合）正是：歸家不敢高聲哭，只恐人聞也斷腸。（並下）

作者

高明，生於元武宗至大三年，卒於明太祖洪武十三年（西元一三一〇年——西元一三八〇年）。字則成，號菜根道人，後人稱東嘉先生。温州瑞安（今浙江瑞安）人，為理學家黃溍弟子。自幼聰敏博學，能詩文。元順帝至正五年（西元一三四五年）中進士，歷任處州錄事、福建行省都事、慶元路推官等職，為官清正，關心民間疾苦。元末方國珍在浙東起事，當時他在方的指揮下任推事，卻與主帥意見不合，「避不治文書」。晚年退居明州（今浙江寧波）櫟社之沈氏樓，以詞曲自娛。

高明是元末明初的南戲作家。《琵琶記》是他的代表作，與《殺狗記》、《白兔記》、《拜月亭》、《荊釵記》並稱五大傳奇。另有詩文集《柔克齋集》二十卷。

題解

本篇選自元末南戲劇本《琵琶記》第二十一齣「糟糠自厭」，版本據《元本琵琶記校注》。宋、元的南劇，是以南方歌曲、語言組成的一種戲曲，是明代傳奇的前身。其形式包含宋雜劇、唱賺、宋詞及里巷歌謠等成分。本劇即以南宋戲文《趙貞女蔡二郎》為基礎改編而成。《琵琶記》共四十二齣，寫蔡伯喈赴京應考，卻被牛丞相強招為婿；其妻趙五娘獨力支撐門戶，最後抱琵琶上京尋夫的故事。「糟糠自厭」一折，描述蔡伯喈上京赴考後，妻子趙五娘在饑荒的歲月中，獨力肩負家庭重擔的艱苦生活。

注釋

① 旦：元雜劇女性角色名，本劇指飾演趙五娘的人。

② 〔山坡羊〕：曲牌名。下〔前腔〕、〔孝順歌〕、〔雁過沙〕、〔玉包肚〕均曲牌名。

③ 亂荒荒不豐稔的年歲：稔，莊稼成熟。不豐稔，莊稼收成不好，意指年歲荒歉。稔 漢 rěn 國 ㄖㄣˇ 音忍。

④ 不耐煩的二親：不耐煩，指忍受不了。二親，指趙五娘公婆。
⑤ 身己：指自己的身體。
⑥ 虛飄飄命怎期：指這微弱的生命沒甚麼可期望。
⑦ 實丕丕：實實在在。
⑧ 骨崖崖：瘦骨嶙峋的樣子。
⑨ 戰欽欽：戰戰兢兢，憂懼重重。
⑩ 介：傳奇劇本裡關於動作、表情、效果等舞臺指示的術語。
⑪ 鮭菜：魚類菜肴。鮭 (漢) xié (國) ㄒㄧㄝˊ 音鞋。
⑫ 兀自牢嗄住：兀自，猶、還。牢嗄住，緊緊卡住。嗄 (漢) shà (國) ㄕㄚˋ 音歃。
⑬ 礱：磨。礱 (漢) lóng (國) ㄌㄨㄥˊ 音龍。
⑭ 控持：折磨。
⑮ 悄似：恰似。
⑯ 甘旨：美好的食物。
⑰ 謾：隨便。
⑱ 外淨：外和淨，均角色名。外角由蔡伯喈父擔當，淨角由蔡伯喈母擔當。
⑲ 逼邏：安排。
⑳ 物事：東西。
㉑ 狗彘食人食：《孟子．梁惠王》：「狗彘食人食而不知檢。」原指豬狗吃人的糧食而不知檢斂。這裡反用其意，指人吃豬狗才吃的糟糠。彘 (漢) zhì (國) ㄓˋ 音至。
㉒ 嚙雪餐氈：《漢書．蘇武傳》載，蘇武奉武帝命出使匈奴，匈奴逼降，蘇武不從，被關在大窖中，與外隔絕，斷其飲食。「天雨雪，武臥齧雪與氈毛，並咽之，數日不死。」嚙雪餐氈，指蘇武的艱苦

生活。

㉓ 餐松食柏：傳說神仙不食人間煙火，以松柏果實為食。

㉔ 糟糠妻室：指貧賤時共患難的妻子。糟(漢)zāo(國)ㄗㄠ音遭。糠(漢)kāng(國)ㄎㄤ音康。

㉕ 兀的：指示用詞，同這。

㉖ 番：反而。

㉗ 耽飢：承受飢餓。

㉘ 不肯辭：不辯白。

㉙ 支吾：支持、應付。

㉚ 回護丈夫：回護，袒護、庇護。這裡是代丈夫盡孝之意。

㉛ 青龍共白虎同行，吉凶事全然未保：青龍，星宿名，星占家以為吉星。白虎，星宿名，星占家以為凶星。全句指吉凶未定。

㉜ 末：角色名，扮演中年男性。

㉝ 糴：買進糧食。糴(漢)dí(國)ㄉㄧˊ音笛。

㉞ 唧唧：讚歎聲。

㉟ 供膳：膳，飯食。意為供養。

㊱ 今來：現今。

㊲ 則個：句末語氣詞，用於動詞後，表示委婉語氣，相當於「一下」。

㊳ 恁地：這麼地。恁(漢)rèn(國)ㄖㄣˋ音認。

㊴ 區處：處理。

㊵ 相濟：幫助。

㊶ 衣衾棺槨：衣衾，這裡指蓋屍的衣被。棺槨，棺材及套在棺外的外棺。槨(漢)guǒ(國)ㄍㄨㄛˇ音裹。

㊷ 承值：照料、侍奉。

㊸ 生受：道謝語，謂煩勞、多謝。

牡丹亭・驚夢

湯顯祖

〔遶地遊〕①（旦②上）夢回鶯囀，亂煞年光遍③。人立小庭深院。（貼④）炷盡沈煙⑤，拋殘繡線⑥，恁今春關情⑦似去年？〔烏夜啼〕『（旦）曉來望斷梅關⑧，宿妝殘⑨。（貼）你側著宜春髻子⑩恰憑闌。（旦）翦不斷，理還亂⑪，悶無端⑫。（貼）已分付催花鶯燕借春看。』（旦）春香，可曾叫人掃除花徑？（貼）分付了。（旦）取鏡臺衣服來。（貼取鏡臺衣服上）『雲髻罷梳還對鏡，羅衣欲換更添香⑬。』鏡臺衣服在此。

〔步步嬌〕（旦）裊晴絲⑭吹來閒庭院，搖漾春如線。停半晌，整花鈿⑮。沒揣菱花⑯，偷人半面，迤逗的彩雲偏⑰。（行介）步香閨怎便把全身現！

（貼）今日穿插⑱的好。

〔醉扶歸〕（旦）你道翠生生出落的裙衫兒茜⑲，豔晶晶花簪八寶填⑳，可知我常一生兒愛好是天然㉑。恰三春好處㉒無人見。不隄防沈魚落雁㉓鳥驚諠，則怕的羞花閉月花愁顫。（貼）早茶時了，請行。（行介）你看『畫廊金粉半零星，池館蒼苔一片青。踏草怕泥新繡襪，惜花疼煞小金鈴㉔』。（旦）不到園林，怎知春色如許！

〔皁羅袍〕原來姹紫嫣紅開遍，似這般都付與斷井頹垣。良辰美景奈何天，賞心樂事誰家院㉕！恁般景致，我老爺和奶奶再不提起。（合）朝飛暮捲㉖，雲霞翠軒㉗；雨絲風片，煙波畫船㉘——錦屏人忒看的這韶光賤㉙！（貼）是花㉚都放了，那牡丹還早。

〔好姐姐〕（旦）遍青山啼紅了杜鵑㉛，荼蘼外煙絲醉軟㉜。春香呵，牡丹雖好，他春歸怎占的先㉝！（貼）成對兒鶯燕呵。（合）閒凝眄㉞，生生燕語明如翦㉟，嚦嚦鶯歌溜的圓㊱。（旦）去罷。（貼）這園子委是㊲觀之不足也。（旦）提他怎的！（行介）

〔隔尾〕觀之不足由他繾㊳，便賞遍了十二亭臺是枉然。到不如興盡回家閒過遣。（作到介）（貼）『開我西閣門，展我東閣床㊴。瓶插映山紫㊵，爐添沈水香㊶。』小姐，你歇息片時，俺瞧老夫人去也。（下）（旦歎介）『默地遊春轉，小試宜春面㊷。』春呵，得和你兩留連，春去如何遣？咳，恁般天氣，好困人也。春香那裡？（作左右瞧介）

（又低首沈吟介）天呵，春色惱人，信有之乎！常觀詩詞樂府，古之女子，因春感情，遇秋成恨，誠不謬矣。吾今年已二八，未逢折桂㊸之夫。忽慕春情，怎得蟾宮之客㊹？昔日韓夫人得遇于郎㊺，張生偶逢崔氏㊻，曾有《題紅記》、《崔徽傳》㊼二書。此佳人才子，前以密約偷期㊽，後皆得成秦晉㊾。（長歎介）吾生於宦族，長在名門。年已及笄㊿，不得早成佳配，誠為虛度青春。光陰如過隙(51)耳。（淚介）可惜妾身顏色如花，豈料命如一葉乎！

【山坡羊】（旦）**沒亂裡**(52)**春情難遣，驀地裡懷人幽怨。則為俺生小嬋娟**(53)**，揀名門一例、一例裡神仙眷。甚良緣，把青春拋的遠！俺的睡情誰見？則索因循靦腆**(54)**。想幽夢誰邊，和春光暗流轉？遷延，這衷懷那處言！淹煎**(55)**，潑殘生**(56)**，除問天！**身子困乏了，且自隱几(57)而眠。（睡介）（夢生介）（生持柳枝上）『鶯逢日暖歌聲滑，人遇風情笑口開。一徑落花隨水入，今朝阮肇到天台(58)。』小生順路兒跟著杜小姐回來，怎生不見？（回看介）呀，小姐，小姐！（旦作驚起介）（相見介）（生）小生那一處不尋訪小姐來，卻在這裡！（旦作斜視不語介）（生）恰好花園內，折取垂柳半枝。姐姐，你既淹通(59)書史，可作詩以賞此柳枝乎？（旦作驚喜，欲言又止介）（背想）這生素昧平生，何因到此？（生笑介）小姐，咱愛殺你哩！

〔山桃紅〕則為你如花美眷，似水流年，是答兒⑩閒尋遍。在幽閨自憐。小姐，和你那答兒⑪講話去。（旦作含笑不行）（生作牽衣介）（旦低問）那邊去？（生）轉過這芍藥欄前，緊靠著湖山石邊。（旦低問）秀才，去怎的⑫？（生低答）和你把領扣鬆，衣帶寬。袖梢兒搵著牙兒苫也，則待你忍耐溫存一晌⑬眠。（旦作羞）（生前抱）（旦推介）（合）是那處曾相見，相看儼然。早難道⑭這好處相逢無一言。（生強抱旦下）（末⑮扮花神束髮冠，紅衣插花上）『催花御史惜花天⑯，檢點春工又一年。蘸客傷心紅雨下⑰，勾人懸夢綵雲邊。』吾乃掌管南安府後花園花神是也。因杜知府小姐麗娘，與柳夢梅秀才，後日有姻緣之分。杜小姐游春感傷，致使柳秀才入夢。咱花神專掌惜玉憐香，竟來保護他，要他雲雨十分歡幸也。

〔鮑老催〕（末）單則是混陽蒸變，看他似蟲兒般蠢動把風情搧。一般兒嬌凝翠綻魂兒顫⑱。這是景上緣，想內成，因中見⑲。呀，淫邪展污⑳了花臺殿。咱待拈片落花兒驚醒他。（向鬼門㉑丟花介）他夢酣春透了怎留連？拈花閃碎的紅如片。秀才，纔到的半夢兒。夢畢之時，好送杜小姐仍歸香閣。吾神去也。（下）

〔山桃紅〕（生、旦攜手上）這一霎天留人便，草藉花眠。小姐可好？（旦低頭介）（生）**則把雲鬟點，紅鬆翠偏。**小姐休忘了呵，**見了你緊相偎，慢廝連，恨不得肉兒般團成片也，逗的箇日下胭脂雨上鮮。**（旦）秀才，你可去呵。（合）**是那處曾相見，相看儼然，早難道這好處相逢無一言。**（生）姐姐，你身子乏了，將息，將息。（送旦依前作睡介）（輕拍旦介）姐姐，俺去了。（作回顧介）姐姐，你可十分將息，我再來瞧你那。『行來春色三分雨，睡去巫山一片雲[72]。』（下）（旦作驚醒，低叫介）秀才，秀才，你去了也。（又作癡睡介）（老旦[73]上）『夫壻坐黃堂[74]，嬌娃立繡窗。怪他裙衩上，花鳥繡雙雙。』孩兒，孩兒，你為甚瞌睡在此？（旦作醒，叫秀才介）咳也。（老旦）孩兒怎的來？（旦作驚起介）奶奶到此！（老旦）我兒，何不做些鍼指[75]，或觀玩書史，舒展情懷？因何晝寢於此？（旦）孩兒適花園中閒玩，忽值春暄惱人，故此回房。無可消遣，不覺困倦少息。有失迎接，望母親恕兒之罪。（老旦）孩兒，這後花園中冷靜，少去閒行。（旦）領母親嚴命。（老旦）孩兒，書堂看書去。（旦）先生不在，且自消停[76]。（老歎介）女孩兒成長，自有許多情態，且自由他。正是『宛轉隨兒女，辛勤做老娘』。（下）（旦長歎介）（看老旦下介）哎也，天那，今日杜麗娘有些僥倖也。偶到後花園中，百花開遍，睹景傷情。沒興而回，晝眠香閣。忽見一生，年可弱冠[77]，丰姿俊妍。

於園中折得柳絲一枝，笑對奴家說：『姐姐既淹通書史，何不將柳枝題賞一篇？』那時待要應他一聲，心中自忖，素昧平生，不知名姓，何得輕與交言。正如此想間，只見那生向前說了幾句傷心話兒，將奴摟抱去牡丹亭畔，芍藥闌邊，共成雲雨之歡。兩情和合，真箇是千般愛惜，萬種温存。歡畢之時，又送我睡眠，幾聲『將息』。正待自送那生出門，忽值母親來到，喚醒將來。我一身冷汗，乃是南柯一夢[78]。忙身參禮母親，又被母親絮了許多閒話。奴家口雖無言答應，心內思想夢中之事，何曾放懷。行坐不寧，自覺如有所失。娘呵，你教我學堂看書去，知他看那一種書消悶也。（作掩淚介）

〔綿搭絮〕（旦）雨香雲片[79]，纔到夢兒邊。無奈高堂，喚醒紗窗睡不便。潑新鮮冷汗粘煎。閃的俺心悠步嚲[80]，意軟鬟偏。不爭多[81]費盡神情，坐起誰忺[82]？則待去眠。（貼上）『晚妝銷粉印，春潤費香篝[83]。』小姐，薰了被窩睡罷。

〔尾聲〕（旦）困春心遊賞倦，也不索香薰繡被眠。天呵，有心情那夢兒還去不遠。

春望逍遙出畫堂，張說　間梅遮柳不勝芳。羅隱
可知劉阮逢人處？許渾　回道東風一斷腸。韋莊[84]

作者

湯顯祖，生於明世宗嘉靖二十九年，卒於清太祖天命元年（西元一五五〇年——西元一六一六年）。字義仍，號海若、若士、清遠道人。臨川（今江西臨川）人。少有才華，刻苦讀書。明神宗萬曆十一年（西元一五八三年）進士，歷任太常博士、南京禮部祠祭司主事。為官廉正，頗有政績。後因上疏批評朝政，彈劾大學士申時行，被貶為廣東徐聞典史，再遷浙江遂昌知縣。因不阿附權貴，致為人所忌，遂辭官歸里，從事創作。

湯顯祖是晚明戲劇大家。他主張戲劇重意趣神色，不應受音律束縛。代表作有「玉茗堂四夢」（或稱「臨川四夢」）：《紫釵記》、《牡丹亭》、《南柯記》和《邯鄲記》，內容以戀愛、諷世為主。四劇皆文辭工麗，風行一時，其中以《牡丹亭》最為人稱賞。湯顯祖亦善詩文，著有《玉茗堂詩集》、《玉茗堂文集》、《玉茗堂尺牘》和《問棘堂集》等。

題解

本篇選自明代傳奇《牡丹亭》第十齣〈驚夢〉，版本據徐朔方、楊笑梅校注中華書局印行之《牡丹亭》。傳奇是明人對南曲戲文的專稱，和唐、宋人專用以指短篇小說不同。明傳奇亦有別於元雜劇，除了南北樂器、樂譜、曲調及風格相異外，明傳奇無論在形式、宮調和劇本折數上，都較元雜劇更自由和更多變化。

《牡丹亭》又名《還魂記》，寫南安太守女兒杜麗娘與書生柳夢梅的愛情故事。主角杜麗娘為情而死，後來又為情所感而還魂復生。全劇構思奇幻，想像豐富。

注釋

① 〔遶地遊〕：曲牌名。下同。
② 旦：戲劇中女角，這裡扮演杜麗娘。
③ 夢迴鶯囀，亂煞年光遍：夢中醒來，聽到黃鶯宛轉的啼聲，到處都是撩人的春光。

④ 貼：指貼旦，即扮演次要角色的旦角，這裡扮丫環春香。

⑤ 炷盡沈煙：炷，燃燒。沈煙，沈香，名貴的香料。炷(漢) zhù (國) ㄓㄨˋ 音注。

⑥ 拋殘繡線：拋下刺繡針線不做。連上句，指時間的長久，心境的無聊。

⑦ 關情：外面的景物牽動人的情懷。

⑧ 梅關：宋時在江西與廣東交界的大庾嶺設有梅關，在當時南安府的南面。

⑨ 宿妝殘：宿妝，隔夜的妝。指早起懶於梳洗。

⑩ 宜春髻子：當時女子的一種髮式。立春那天，婦女剪彩綢作燕子形，貼上「宜春」二字，戴在髮髻上。

⑪ 剪不斷，理還亂：形容春天的愁緒縈繞心頭，排遣不開。這兩句引用南唐後主李煜〈相見歡〉詞。

⑫ 無端：不知由來。

⑬ 雲髻罷梳還對鏡，羅衣欲換更添香：這兩句引用唐薛逢〈宮詞〉詩，見《全唐詩》卷五百四十八。意指裝扮整齊美麗。

⑭ 裊晴絲：裊，纖柔飄曳的樣子。晴絲，晴空中飄曳的蟲類吐絲。

⑮ 花鈿：婦女兩鬢戴的裝飾物。鈿(漢) diàn 或 tián (國) ㄉㄧㄢˋ 或 ㄊㄧㄢˊ 音電或田。

⑯ 沒揣菱花：沒揣，不料。菱花，指鏡子。古時用的銅鏡，背面所鑄花紋一般是菱花，因此稱菱花鏡，或簡稱菱花。揣(漢) chuǎi (國) ㄔㄨㄞˇ 音踹上聲。

⑰ 偷人半面，迤逗的彩雲偏：迤逗，挑逗、招引。彩雲，指蓬鬆的美髮。全句是說，想不到鏡子照見了自己（杜麗娘），害得我羞答答地把髮髻弄歪了。迤(漢) tūo (國) ㄊㄨㄛ 音拖。

⑱ 穿插：穿戴打扮。

⑲ 翠生生出落的裙衫兒茜：翠生生，色彩鮮豔。出落，顯現。茜，大紅色。

⑳ 豔晶晶花簪八寶填：豔晶晶，光彩燦爛奪目的樣子。八寶填，鑲嵌著多種寶石。

㉑愛好是天然：愛好，愛美。天然，天性如此。

㉒三春好處：三春，春天三個月，正月為孟春，二月為仲春，三月為季春。這裡三春泛指春天，而以春天美景喻自己青春美貌。

㉓沈魚落雁：形容女子貌美非凡，魚兒見了她沈入水裡，雁兒見了她停飛落地，都自愧不如她姿態美妙。與「羞花閉月」意同。

㉔惜花疼煞小金鈴：據《開元天寶遺事》，唐天寶年間，寧王惜花，怕花被鳥鵲啄踏，便在花梢上繫上小金鈴，遇有鳥鵲飛來，則令園吏扯動繫鈴繩，驚走鳥鵲。句謂因常扯動金鈴，連金鈴都感到痛了。這是擬人誇張之辭。

㉕良辰美景奈何天，賞心樂事誰家院：此化用晉代謝靈運〈擬魏太子鄴中集詩序〉句：「天下良辰、美景、賞心、樂事，四者難併。」承上兩句寫杜麗娘看到姹紫嫣紅的花，但卻對著衰敗的院落，不禁感到悵惘。

㉖朝飛暮捲：此處化用唐王勃〈滕王閣〉詩「畫棟朝飛南浦雲，珠簾暮捲西山雨」句，形容園中樓閣之壯麗。

㉗雲霞翠軒：雲霞輝映著華麗的樓閣。

㉘煙波畫船：華麗的小船在水氣迷濛的湖面上搖蕩著。

㉙錦屏人忒看的這韶光賤：錦屏人，深閨中的人，指自己。韶光，美好的春光。全句是說像我這深閨女子，對美好的春光享受得太少了。

㉚是花：所有的花。

㉛杜鵑：杜鵑花。相傳杜鵑花是杜鵑鳥啼血悲鳴出來的。

㉜荼蘼外煙絲醉軟：荼蘼，花名，落葉灌木，春末開花。煙絲，在空中飄曳的蟲類吐絲。醉軟，形容游絲飄蕩裊娜多姿的樣子。荼㊥漢 tú ㊥國 ㄊㄨˊ 音途。蘼㊥漢 mí ㊥國 ㄇㄧˊ 音彌。

㉝牡丹雖好，他春歸怎占的先：牡丹雖美，卻於春歸時才開放。這裡指麗娘自歎不能及時表現青春異彩。

㉞凝眄：凝視顧盼。眄(漢)miǎn(國)ㄇㄧㄢˇ音免。

㉟生生燕語明如翦：生生，燕鳴聲。明如翦，形容鳥語的清脆明快。

㊱嚦嚦鶯歌溜的圓：嚦嚦，形容黃鶯的叫聲。溜的圓，形容叫聲圓轉動聽。嚦(漢)lì(國)ㄌㄧˋ音礫。

㊲委是：的確是。

㊳觀之不足由他繾：觀之不足，觀賞不盡。繾，留戀。繾(漢)qiǎn(國)ㄑㄧㄢˇ音遣。

㊴開我西閣門，展我東閣床：借用〈木蘭辭〉：「開我東閣門，坐我西閣床。」

㊵映山紫：也名映山紅，杜鵑花的一種。

㊶沈水香：一種香料，燒熏可以驅除房中穢氣。

㊷宜春面：頭上梳起宜春髻的一種打扮。參看注⑩。

㊸折桂：傳說月中有桂樹，下有一人名吳剛，不停地以斧砍之，而樹創面隨砍隨合。科舉時代以月中折桂比喻應試及第。

㊹蟾宮之客：蟾宮，月宮。傳說月中有蟾蜍，為月魄之精，因此蟾宮即指月宮。蟾宮之客，比喻科舉及第之士。蟾(漢)chán(國)ㄔㄢˊ音蟬。

㊺韓夫人得遇于郎：唐傳記〈流紅記〉載唐僖宗時，宮女韓夫人在紅葉上題詩，從御溝流出宮外，為于祐拾得，于亦於紅葉上題詩，由御溝上游流入宮內，適為韓氏拾得，最後兩人結為夫婦。

㊻張生偶逢崔氏：指《西廂記》中張君瑞和崔鶯鶯的愛情故事。

㊼《崔徽傳》：寫妓女崔徽和裴敬中的愛情故事，二人分別後再未相見。見《麗情集》。這裡的《崔徽傳》，恐是《西廂記》或《鶯鶯傳》之誤。

㊽偷期：幽會。

㊾ 得成秦晉：謂得以成為夫婦。春秋時期，秦、晉兩國世代為姻，後世遂稱男女結成夫婦為「秦晉之好」。

㊿ 及笄：笄，簪。及笄，謂到了上簪束髮的年齡。古代女子十五歲始上簪束髮，標誌已到了婚配的年齡。笄㊉jī㊂ㄐㄧ音雞。

51 光陰如過隙：形容時光過得很快。《莊子．知北遊》：「人生天地之間，若白駒之過隙，忽然而已。」

52 没亂裡：形容心裡煩亂。

53 則為俺生小嬋娟：生，語助詞。嬋娟，女子美好的姿色。

54 則索因循面覥：索，須、要。面，假借為靦。面覥，害羞。覥㊉tiǎn㊂ㄊㄧㄢˇ音舔。

55 淹煎：受熬煎、受折磨。

56 潑殘生：潑，表示厭惡，原是罵人話。殘生，苦命。

57 隱几：憑著几案。

58 今朝阮肇到天台：南朝劉義慶《幽明錄》記載，相傳東漢時，劉晨、阮肇到天台山（在今浙江天台山北）採藥迷路，誤入桃源洞，見到兩個仙女，被邀至家中，過了半年才回家。這裡用此典，意思是見到了意中戀人。

59 淹通：精通。

60 是答兒：這地方。

61 那答兒：那一邊。

62 怎的：做甚麼。

63 一晌：一會兒。

64 早難道：即難道，但語氣較強。

㊿65 末：扮演中年或中年以上男子，這裡扮演花神。

66 催花御史惜花天：催化，催促花開。惜花，愛惜花朵。唐穆宗時置惜春御史，職掌護惜鮮花之事。見《說郛·雲仙散錄》引《玉塵集》之言。

67 蘸客傷心紅雨下：蘸，沾。紅雨，指落花。這裡指落花沾在人的身上。蘸（漢）zhàn（國）ㄓㄢˋ音湛。

68 單則是混陽蒸變，看他似蟲兒般蠢動把風情搧。一般兒嬌凝翠綻魂兒顫：描寫杜麗娘與柳夢梅歡合的情景。

69 景上緣，想內成，因中見：皆佛家語。景，同影。景上緣，指如影子般夢幻不實的姻緣。想內成，指在幻想中實現的事。見，同現。因中見，佛家認為一切事物都由因緣造合而成。

70 展污：玷污。

71 鬼門：一作古門，戲台上演員上場下場的門。

72 行來春色三分雨，睡去巫山一片雲：宋玉〈高唐賦〉記楚襄王遊雲夢臺館，望高唐宮觀，言先王（懷王）夢中與巫山神女相會事。後稱男女幽會為巫山雲雨。

73 老旦：戲劇中扮老年婦女角色，這裡扮麗娘母親甄氏。

74 黃堂：太守的廳堂，劇中太守，為杜麗娘之父杜寶。

75 鍼指：同針黹，縫紉刺繡之事，屬女子之工。

76 消停：休息。

77 弱冠：男子二十歲。古代男子二十歲行加冠禮，表示已經成人，見《禮記·曲禮》：「二十曰弱，冠。」

78 南柯一夢：故事原出唐李公佐《南柯太守傳》，淳于棼夢見自己被大槐安國招為駙馬，做了南柯郡太守，享盡人間榮華富貴。醒來才發現大槐安國不過是槐樹下的一個蟻穴，而南柯郡則是槐樹南面的另一個蟻穴。後來說南柯一夢，意即做了一場夢，空歡喜一場。

⑦⑨ 雨香雲片：即雲雨，指夢中幽會。

⑧⓪ 閃的俺心悠步嚲：心悠，心裡發愁。嚲，軟弱無力、慵倦。步嚲，腳步移不動。這裡指熱戀後因對方離去而感到失落。嚲㊥duǒ㊐ㄉㄨㄛˇ音躲。

⑧① 不爭多：差不多。

⑧② 忺：愜意、合意。

⑧③ 香篝：熏香用的籠子。篝㊥gōu㊐ㄍㄡ音溝。

⑧④ 「春望逍遙出畫堂」至「韋莊」句：作者於每齣結尾皆集唐人詩句，自成一首絕句，且意合戲文內容。原文每句後未標明作者姓名，今所見乃後人所加。

桃花扇・餘韻

孔尚任

〔西江月〕①（淨②扮樵子挑擔上）放目蒼崖萬丈，拂頭紅樹千枝；雲深猛虎出無時，也避人間弓矢。建業城啼夜鬼③，維揚井貯秋屍④；樵夫剩得命如絲，滿肚南朝野史。在下蘇崑生⑤，自從乙酉年同香君到山⑥，一住三載，俺就不曾回家，往來牛首、棲霞⑦，採樵度日。誰想柳敬亭⑧與俺同志，買隻小船，也在此捕魚為業。且喜山深樹老，江闊人稀；每日相逢，便把斧頭敲著船頭，浩浩落落⑨，儘俺歌唱，好不快活。今日柴擔早歇，專等他來促膝閒話，怎的還不見到。（歇擔盹睡介）（丑⑩扮漁翁搖船上）年年垂釣鬢如銀，愛此江山勝富春⑪；歌舞叢中征戰裡，漁翁都是過來人。俺柳敬亭送侯朝宗⑫修道之後，就在這龍潭江畔，捕魚三載，把些興亡舊事，付之風月閒談。今值秋雨新晴，江光似練，正好尋蘇崑生飲酒談心。（指介）你看，他早已醉倒在地，待我上岸，喚他醒來。（作上岸介）（呼介）蘇崑生。

（淨醒介）大哥果然來了。（丑拱介）賢弟偏杯[13]呀！（淨）柴不曾賣，那得酒來。（丑）愚兄也沒賣魚，都是空囊，怎麼處[14]？（淨）有了，有了！你輸水，我輸柴，大家煮茗清談罷。（副末扮老贊禮[15]，提絃攜壺上）江山江山，一忙一閒，誰贏誰輸，兩鬢皆斑。（見介）原來是柳、蘇兩位老哥。（淨、丑拱介）老相公怎得到此？（副末）老夫住在燕子磯[16]邊，今乃戊子年[17]九月十七日，是福德星君[18]降生之辰；我同些山中社友，到福德神祠祭賽[19]已畢，路過此間。（淨）為何挾著絃子[20]，提著酒壺？（副末）見笑見笑！老夫編了幾句神絃歌[21]，名曰〈問蒼天〉。今日彈唱樂神，社散之時，分得這瓶福酒。恰好遇著二位，就同飲三杯罷。（丑）怎好取擾。（副末）這叫做「有福同享」。（淨、丑）好，好！（同坐飲介）（淨）何不把神絃歌領略一回？（副末）使得！老夫的心事，正要請教二位哩。（彈絃唱巫腔）（淨、丑拍手襯介）

〔問蒼天〕新曆數，順治朝，歲在戊子；九月秋，十七日，嘉會良時。擊神鼓，揚靈旗，鄉鄰賽社[22]；老逸民[23]，剃白髮，也到叢祠。椒作棟，桂為楣，唐修晉建；碧和金，丹間粉，畫壁精奇。貌赫赫，氣揚揚，福德名位；山之珍，海之寶，總掌無遺。超祖禰㉔，邁君師，千人上壽；焚郁蘭㉕，奠清醑㉖，奪戶爭墀㉗。草笠底，有一人，掀鬚長嘆：貧者貧，富者富，造命奚為㉘？我與爾㉙，較生辰，同月同日；囊無錢，竈斷火，不啻㉚乞兒。六十歲，花甲週，桑榆暮矣㉛；亂離人，太平犬，未有亨期㉜。稱玉斝㉝，坐瓊筵，爾餐我看；誰為靈，誰為蠢，貴賤失宜。臣稽首㉞，叫九閽㉟，開聾啟聵㊱；宣命司，檢祿籍，何故差池㊲。金闕遠，紫宸高㊳，蒼天夢夢㊴；迎神來，送神去，輿馬風馳。歌舞罷，雞豚收，須臾社散；倚枯槐，對斜日，獨自凝思。濁享富，清享名，或分兩例；內才多，外財少，應不同規。熱似火，福德君，庸人父母；冷如冰，文昌帝，秀士宗師㊵。神有短，聖有虧，誰能足願；地難填，天難補，造化㊶如斯。釋盡了，胸中愁，欣欣微笑；江自流，雲自卷，我又何疑。

（唱完放絃介）出醜之極。（淨）妙絕！逼真〈離騷〉、〈九歌〉㊷了。（丑）失敬，失敬！不知老相公竟是財神一轉哩。（副末讓介）請乾此酒。（淨咂舌介）這寡酒㊸好難吃也。（丑）愚兄倒有些下酒之物。（淨）是甚麼東西？

（丑）請猜一猜。（淨）你的東西，不過是些魚鱉蝦蟹。（丑搖頭介）猜不著，猜不著。（淨）還有甚麼異味？（丑指口介）是我的舌頭。（副末）你的舌頭，你自下酒，如何讓客。（丑笑介）你不曉得，古人以《漢書》下酒㊹；這舌頭會說《漢書》，豈非下酒之物。（淨取酒斟介）我替老哥斟酒，老哥就把《漢書》說來。（副末）妙妙！只恐菜多酒少了。（丑）既然《漢書》太長，有我新編的一首彈詞，叫做〈秣陵秋〉，唱來下酒罷。（副末）就是俺南京的近事麼？（丑）便是！（淨）這都是俺們耳聞眼見的，你若說差了，我要罰的。（丑）包管你不差。（丑彈絃介）六代興亡，幾點清彈千古慨；半生湖海，一聲高唱萬山驚。（照盲女彈詞唱介）

〔秣陵秋〕陳隋煙月恨茫茫，井帶胭脂㊺土帶香；駘蕩㊻柳綿沾客鬢，叮嚀鶯舌惱人腸。中興朝市㊼繁華續，遺孽兒孫㊽氣焰張；只勸樓臺追後主㊾，不愁弓矢下殘唐㊿。蛾眉越女才承選，燕子吳歈㊿早擅場，力士簽名搜笛步，龜年協律奉椒房㊿。西崑詞賦新溫李㊿，烏巷冠裳舊謝王㊿；院院宮妝金翠鏡㊿，朝朝楚夢雨雲床㊿。五侯閫外空狼燧㊿，一水洲邊自雀舫㊿；指馬誰攻秦相詐[59]，入林都畏阮生狂[60]。春燈已錯從頭認，社黨重鉤無縫藏[61]；借手殺讎長樂老[62]，脅肩媚貴半閒堂[63]。龍鍾閣部啼梅嶺[64]，跋扈將軍譟武昌[65]；九曲河流晴喚渡，千尋江岸夜移防[66]。瓊花劫到雕欄損，玉樹歌終畫殿涼[67]；滄海迷家龍寂寞，風塵失伴鳳徬徨[68]。青衣啣璧何年返[69]，碧血濺沙此地亡[70]；南內湯池仍蔓草[71]，東陵輦路又斜陽[72]。全開鎖鑰淮揚泗[73]，難整乾坤左史黃[74]。建帝飄零烈帝慘[75]，英宗困頓武宗荒[76]；那知還有福王一[77]，臨去秋波淚數行。（淨）妙妙！果然一些不差。（副末）雖是幾句彈詞，竟似吳梅村[78]一首長歌。（淨）老哥學問大進，該敬一杯。（斟酒介）（丑）倒叫我吃寡酒了。（淨）愚弟也有些須下酒之物。（丑）你的東西，一定是山殽野蔌了。（淨）不是，不是。昨日南京賣柴，特地帶來的。（丑）取來共享罷。（淨指口介）也是舌頭。（副末）怎的也是舌頭？（淨）不瞞二位說，我三年沒到南京，忽然高興，進城賣柴。路過孝陵，見那寶城享殿，成了芻牧之場。（丑）呵呀呀！那皇城如何？（淨）那皇城牆倒宮塌，滿地蒿萊了。（副末掩淚介）不料光景至此。（淨）俺又一直走到秦淮，立了半晌，竟沒一個人影兒。（丑）那長橋舊院[79]，是咱們熟遊之地，你也該去瞧瞧。（淨）怎的沒瞧，長橋已無片板，舊院剩了一堆瓦礫。（丑搥胸介）咳！慟死俺也。（淨）那時疾忙回首，一路傷心；編成一套北曲，名為〈哀江南〉。待我唱來！（敲板唱弋陽腔[80]介）俺樵夫呵！

〔哀江南〕〔北新水令〕山松野草帶花挑，猛抬頭秣陵重到。殘軍留廢壘，瘦馬臥空壕；村郭蕭條，城對著夕陽道。

〔駐馬聽〕[81]野火頻燒，護墓長楸多半焦。山羊群跑，守陵阿監[82]幾時逃。鴿翎蝠糞滿堂拋，枯枝敗葉當階罩；誰祭掃，牧兒打碎龍碑帽。

〔沈醉東風〕[83]橫白玉八根柱倒，墮紅泥半堵牆高，碎琉璃瓦片多，爛翡翠窗櫺少，舞丹墀[84]燕雀常朝，直入宮門一路蒿，住幾個乞兒餓殍。

〔折桂令〕[85]問秦淮舊日窗寮，破紙迎風，壞檻當潮，目斷魂消。當年粉黛，何處笙簫[86]。罷燈船端陽不鬧，收酒旗重九無聊。白鳥飄飄，綠水滔滔，嫩黃花有些蝶飛，新紅葉無個人瞧。

〔沽美酒〕你記得跨青谿半里橋，舊紅板沒一條。秋水長天人過少，冷清清的落照，剩一樹柳彎腰。

〔太平令〕行到那舊院門，可用輕敲，也不怕小犬哰哰[87]。無非是枯井頹巢，不過些磚苔砌草。手種的花條柳梢，儘意兒採樵；這黑灰是誰家廚竈？

〔離亭宴帶歇指煞〕[88]俺曾見金陵玉殿鶯啼曉，秦淮水榭花開早，誰知道容易冰消。眼看他起朱樓，眼看他宴賓客，眼看他樓塌了。這青苔碧瓦堆，俺曾睡風流覺，將五十年興亡看飽。那烏衣巷不姓王，莫愁湖鬼夜哭，鳳凰臺棲梟鳥[89]。殘山夢最真，舊境丟難掉，不信這輿圖換稿[90]。謅一套哀江南，放悲聲唱到老。

（副末掩淚介）妙是絕妙，惹出我多少眼淚。（丑）這酒也不忍入脣了，大家談談罷。（副淨時服，扮皂隸[91]暗上）朝陪天子輦，暮把縣官門[92]；皂隸原無種，通侯[93]豈有根？自家魏國公嫡親公子徐青君的便是，生來富貴，享盡繁華。不料國破家亡，剩了區區一口。沒奈何在上元縣[94]當了一名皂隸，將就度日。今奉本官籤票，訪拿山林隱逸，只得下鄉走走。（望介）那江岸之上，有幾個老兒閒坐，不免上前討火，就便訪問。正是：開國元勳留狗尾⑮，換朝逸老縮龜頭⑯。（前行見介）老哥們有火借一個！（丑）請坐。（副淨坐介）（副末問介）看你打扮，像一位公差大哥。（副淨）便是。（淨問介）要火吃煙麼，小弟帶有高煙⑰，取出奉敬罷。（敲火取煙奉副淨介）（副淨吃煙介）好高煙，好高煙！（作暈醉臥倒介）（淨扶介）（副淨）不要拉我，讓我歇一歇，就好了。（閉目臥介）（丑問副末介）記得三年之前，老相公捧著史閣部衣冠，要葬在梅花嶺下，後來怎樣？（副末）後來約了許多忠義之士，齊集梅花嶺，招魂埋葬，倒也算千秋盛事，但不曾立得碑碣。（淨）好事，好事，只可惜黃將軍刎頸報主，拋屍路旁，竟無人埋葬。（副末）如今好了，也是我老漢同些村中父老，檢骨殯殮，起了一座大大的墳塋，好不體面。（丑）你這兩件功德，卻也不小哩。（淨）二位不知，那左寧南氣死戰船時，親朋盡散，卻是我老蘇殯殮了他。（副末）難得，難得。聞他兒子左夢庚襲了前程，昨日扶柩回去了。（丑掩淚介）左寧南是我老柳知己。我曾託藍田叔畫他一幅影像，又求錢牧齋題贊了幾句；逢時遇節，展開祭拜，也盡俺一點報答之意。（副淨醒，作悄語介）聽他說話，像幾個山林隱逸。（起身問介）三位是山林隱逸麼？（眾起拱介）不敢，不敢，為何問及山林隱逸？（副淨）三位不知麼，現今禮部上本，搜尋山林隱逸。撫按大老爺張掛告示，布政司行文已經月餘，並不見一人報名。府縣著忙，差俺們各處訪拿，三位一定是了，快快跟我回話去。（副末）老哥差矣，山林隱逸乃文人名士，不肯出山的。老夫原是假斯文的一個老贊禮，那裡去得。（丑、淨）我兩個是說書唱曲的朋友，而今做了漁翁樵子，益發不中了。（副淨）你們不曉得，那些文人名士，都是識時務的俊傑，從三年前俱已出山了。目下正要訪拿你輩哩。（副末）啐，徵求隱逸，乃朝廷盛典，公祖父母⑱俱當以禮相聘，怎麼要拿起來！定是你這衙役們奉行不善。（副淨）不干我事，有本縣籤票在此，取出你看。（取看籤票欲拿介）（淨）果有這事哩。（丑）我們竟走開如何？（副末）有理。避禍今何晚，入山昔未深。（各分走下）（副淨趕不上介）你看他登崖涉澗，竟各逃走無蹤。

〔清江引〕大澤深山隨處找，預備官家要。抽出綠頭籤⑲，取開紅圈票⑳，把幾個白衣山人嚇走了。

（立聽介）遠遠聞得吟詩之聲，不在水邊，定在林下，待我信步找去便了。

（急下）（內吟詩曰）

漁樵同話舊繁華，短夢寥寥記不差；

曾恨紅箋啣燕子，偏憐素扇染桃花。

笙歌西第留何客？煙雨南朝換幾家？

傳得傷心臨去語，年年寒食⑩哭天涯。

作者

孔尚任，生於清世祖順治五年，卒於清聖祖康熙五十六年（西元一六四八年——西元一七一七年）。字聘之，一字季重，號東塘、岸塘，又稱雲亭山人。山東曲阜人，孔子六十四代孫。父孔貞璠，明崇禎進士，尚氣節，終生不仕。孔尚任自幼愛好詩文，讀書於曲阜北石門山中。三十七歲那年，被薦為清聖祖康熙講解《大學》，深受賞識，獲破格提拔為國子監博士。歷任户部主事、户部廣東司員外郎等職。晚年回到故鄉曲阜，重過隱居生活。

孔尚任是清初著名戲劇作家。代表作《桃花扇》寫南明王朝的頹敗和志士抗清的決心。經過十年時間三易其稿才完成，甫面世即轟動一時。除《桃花扇》外，另與顧彩合著《小忽雷》。詩文集有《湖海集》、《石門山集》、《長留集》等。今人汪蔚林輯為《孔尚任詩文集》。

題解

本篇選自《桃花扇》第四十齣〈餘韻〉，是全劇的最後一齣，版本據人民文學出版社排印本。《桃花扇》是清代傳奇的佳作。全劇以明末名士侯方域和秦淮名妓李香君的愛情故事為骨幹，寫南明亡國的史實。「桃花扇」劇名的由來，出自李香君力拒田仰逼婚時，以頭撞向屋柱，血濺扇上，楊文驄加以點染，繪成折枝桃花，寄給侯方域的故事。

〈餘韻〉一齣，寫柳敬亭、蘇崑生歸隱山林，以漁樵為生，偶遇老贊禮攜酒同飲，各自慷慨悲歌，概括了南明興亡的因由，抒發了亡國的哀思。本齣和開頭的〈先聲〉，前後呼應，洵為劇壇異彩。

注釋

① 〔西江月〕：曲牌名。下同。
② 淨：男角，這裡扮蘇崑生。
③ 建業城啼夜鬼：建業，今江蘇南京。這句描寫南京經清兵血洗後的淒慘景象。
④ 維揚井貯秋屍：維揚，即揚州。井貯秋屍，指清兵攻破揚州後屠戮城民，城民屍體無人掩埋，貯滿井中。
⑤ 蘇崑生：明末著名藝人，擅長唱曲。
⑥ 自從乙酉年同香君到山：乙酉年，清世祖順治二年（西元一六四五年），即清兵攻陷南京之年。香君，即李香君，劇中女主角，秦淮名妓。
⑦ 牛首、棲霞：皆山名，在南京近郊。
⑧ 柳敬亭：泰州（今江蘇泰縣）人，明末清初著名說書藝人。
⑨ 浩浩落落：坦蕩疏闊，這裡形容柳敬亭為人正派，不與世俗苟合。
⑩ 丑：男丑角，這裡扮柳敬亭。
⑪ 富春：指浙江富春江，這裡山水風光秀麗，相傳是東漢嚴光隱居釣魚之地。

⑫侯朝宗：即侯方域，生於明神宗萬曆四十六年，卒於清世祖順治十一年（西元一六一八年——西元一六五四年），字朝宗，明末儒士，有才氣。南明時受閹黨阮大鋮迫害，後得脫，與復社同人反對閹黨阮大鋮等人。朝宗於清順治時中副榜，著有《壯悔堂集》、《四憶堂集》等，是劇中的男主角，熱戀李香君，南明滅亡後與李香君分別入道。

⑬偏杯：獨自飲酒。

⑭怎麼處：怎麼辦。

⑮副末扮老贊禮：副末，男角名，一般扮中年以上男子，這裡扮贊禮。贊禮，祭祀時的司儀官。

⑯燕子磯：磯，水邊突出的巖石。在南京東北觀音山上，為南京名勝地。磯㊥jī㊟ㄐㄧ音基。

⑰戊子年：清世祖順治五年（一六四八）。

⑱福德星君：指財神。

⑲祭賽：為報神恩舉行的祭祀。

⑳絃子：指三弦，一種樂器。

㉑神絃歌：娛神的歌曲，名稱源於樂府的〈神絃曲〉。

㉒賽社：祭社神。

㉓逸民：隱士，指老贊禮自己。

㉔禰：父廟。禰㊥nǐ㊟ㄋㄧˇ音你。

㉕郁蘭：氣味濃烈的香料。

㉖清醑：清醇的美酒。醑㊥xǔ㊟ㄒㄩˇ音許。

㉗奪戶爭墀：墀，臺階。形容祭賽者的擁擠。墀㊥chí㊟ㄔˊ音池。

㉘造命奚為：造命，造物主。奚為，為何。

㉙爾：你，指福德星君。

㉚ 不啻：如同。啻 漢 chì 國 ㄔˋ 音赤。

㉛ 桑榆暮矣：日落之時，日影在桑榆間，比喻人的晚年。

㉜ 亂離人，太平犬，未有亨期：亨，通達之意。亨期，即順境，幸運之時。言處於災亂歲月的人不如太平盛世的犬。語出諺語「寧作太平犬，莫作亂離人」。

㉝ 稱玉斝：舉起玉杯。斝 漢 jiǎ 國 ㄐㄧㄚˇ 音假。

㉞ 稽首：以頭叩地頓首拜，一種至為恭敬的禮。

㉟ 九閽：指天帝的宮門。閽 漢 hūn 國 ㄏㄨㄣ 音昏。

㊱ 瞶：有目無光，指失明。瞶 漢 guì 國 ㄍㄨㄟˋ 音貴。

㊲ 宣命司，檢祿籍，何故差池：祿籍，傳說認為注定人間福祿的簿冊。意即要天帝宣召司命的神，檢查他的祿籍。因為老贊禮與福德星君同月同日生，而一貧一富，相差甚遠。

㊳ 金闕遠，紫宸高：金闕、紫宸，皆傳說中天帝的宮殿。宸 漢 chén 國 ㄔㄣˊ 音臣。

㊴ 夢夢：不明的樣子。

㊵ 文昌帝，秀士宗師：文昌帝，傳說中主管文士功名祿位的神。秀士，秀才。

㊶ 造化：創造化育，這裡指天地。

㊷ 〈離騷〉、〈九歌〉：皆屈原作品篇名。

㊸ 寡酒：只飲酒，無佐酒的菜餚。

㊹ 以《漢書》下酒：典出北宋蘇舜欽故事。蘇居岳父衍家，讀《漢書・張良傳》，不住地讚歎，且舉杯暢飲。杜衍稱之，謂以《漢書》下酒，雖飲一斗不為多。

㊺ 井帶胭脂：這是有關陳後主亡國的故事。隋兵攻破金陵後，陳後主叔寶攜張、孔二妃藏於景陽宮內的景陽井中。景陽井後稱胭脂井。

㊻ 駘蕩：輕盈飄散的樣子。駘 漢 dài 國 ㄉㄞˋ 音殆。

㊼ 中興朝市：指南明王朝。

㊽ 遺孽兒孫：指馬士英、阮大鋮等閹黨。

㊾ 只勸樓臺追後主：這裡是說馬士英、阮大鋮等人不顧國家前途，只知勸誘福王宮中享樂，終致步陳後主亡國後塵。

㊿ 不愁弓矢下殘唐：殘唐，五代時的南唐。這裡是借宋太祖滅南唐的故事，諷刺福王沈溺於享樂，不顧忌清兵南下的危險。

(51) 燕子吳歈：燕子，指阮大鋮所作《燕子箋》傳奇。吳歈，吳歌。因《燕子箋》以崑曲演唱，故稱吳歈。歈 漢 yú 國 ㄩˊ 音魚。

(52) 力士簽名搜笛步，龜年協律奉椒房：力士，指唐玄宗時太監高力士，這裡泛指太監。笛步，南京地名，教坊所在地，這裡指舊院。龜年，即李龜年，唐開元時著名曲師，這裡指教坊的教習。椒房，指後宮。這兩句是說阮大鋮之流按著名單去舊院徵選歌妓和曲師排演《燕子箋》，以供福王觀賞。搜 漢 sōu 國 ㄙㄡ 音餿。

(53) 西崑詞賦新温李：西崑詞賦，北宋初，楊億、劉筠等人詩文模仿晚唐李商隱、温庭筠風格，他們的詩集叫《西崑酬唱集》。温李，即温庭筠和李商隱。這句是說宮中充滿靡靡之音，無生氣可言。

(54) 烏巷冠裳舊謝王：烏巷，即烏衣巷，在南京城中，晉時貴族王、謝等家多住在這裡。王、謝，指晉時王導、謝安兩大家族。語出劉禹錫〈烏衣巷〉。這句是借指南明朝中由馬士英、阮大鋮等權貴專擅，朝政腐敗。

(55) 院院宮妝金翠鏡：是說後宮的妃嬪都用意梳妝打扮，以博得皇帝的寵幸。

(56) 朝朝楚夢雨雲床：這句說弘光帝荒淫無度。此借用宋玉〈高唐賦序〉中，楚襄王遊高唐，夢中與巫山神女相遇共歡娛的故事。

(57) 五侯閫外空狼燧：五侯，指南明左良玉等五將。閫外，指武將鎮守的區域。空，空有、白白地，指未引起朝中注意。狼燧，古代邊境告警的烽火。閫 漢 kǔn 國 ㄎㄨㄣˇ 音捆。

(58) 二水洲邊自雀舫：二水洲，即南京白鷺洲。李白詩云「二水中分白鷺洲」。雀舫，即朱雀舫，一種遊船。承上句是說南明君臣不顧邊境警告，只醉心遊樂。

(59) 指馬誰攻秦相詐：這是借指鹿為馬的故事譏刺馬士英的專權，而群臣阿附，無敢反對者。

(60) 入林都畏阮生狂：晉阮籍、稽康等七人以名士自居，人稱「竹林七賢」，阮籍尤為恃才傲物，人多畏之。這裡借指阮大鋮猖狂無忌。

(61) 春燈已錯從頭認，社黨重鉤無縫藏：鉤，牽連。二句是說阮大鋮奸詐，反覆無常。阮大鋮曾撰傳奇《春燈謎》，即《十錯認》，表示自己悔過，而得勢後又到處拘捕東林黨人及後來的復社人士。

(62) 借手殺讐長樂老：讐，同仇。長樂老，五代時馮道為宰相，歷仕唐、晉、漢、周諸朝，自號長樂老。

(63) 脅肩媚貴半閒堂：半閒堂，是南宋奸相賈似道在西湖葛嶺修建的宅院名。連上兩句都是借古諷刺阮大鋮諂事馬士英。

(64) 龍鍾閣部啼梅嶺：清兵大舉南下，史可法以兵部尚書督師揚州，於梅花嶺慷慨誓師抗敵，兵敗殉國。可參考〈梅花嶺記〉。

(65) 跋扈將軍譟武昌：跋扈，形容態度強硬。譟，喧譁，借指為聲討。句謂南明將軍左良玉對馬士英專權非常憤慨，曾傳檄自武昌東下討伐馬士英。

(66) 九曲河流晴喚渡，千尋江岸夜移防：尋，長度單位，八尺為一尋。二句指馬士英、阮大鋮為阻擋左良玉東下的軍隊，竟將駐防黃河一帶的黃得功、劉良佐、劉澤清等部兵馬移防江岸，致使北線空虛，清兵揮戈直下。

(67) 瓊花劫到雕欄損，玉樹歌終畫殿涼：瓊花，指揚州，因揚州有瓊花觀。瓊花劫到，指清兵南下，攻陷揚州，燒殺搶掠。玉樹歌，指陳後主〈玉樹後庭花〉一曲。玉樹歌終，指南明福王因荒淫亡國。二句指清兵攻陷揚州，南明王朝滅亡。

68 滄海迷家龍寂寞，風塵失伴鳳徬徨：龍、鳳，皆指帝王苗裔。指南明滅亡，帝王子孫倉皇奔逃，顛沛流離之處境。

69 青衣啣璧何年返：啣，同銜。晉懷帝被擄時，匈奴劉聰命他穿青衣斟酒，以示侮辱。古時國君亡國投降，要口啣璧玉，自縛雙手。此處指南明弘光帝被擄。

70 碧血濺沙此地亡：指南明靖南伯黃得功因弘光帝被擄而自殺殉節。

71 南內湯池仍蔓草：南內，指南京明故宮。湯池，宮內溫泉。句指南京故宮蔓草叢生。

72 東陵輦路又斜陽：東陵，指南京城東的孝陵。輦路，天子車駕經行的路。指東陵輦路空留斜陽夕照。輦(漢) niǎn (國) ㄋㄧㄢˇ 音撚。

73 全開鎖鑰淮揚泗：指淮陰、揚州、泗陽等城池接連失守。鑰(漢) yào 或 yuè (國) ㄧㄠˋ 或 ㄩㄝˋ 音藥或越。

74 難整乾坤左史黃：左良玉、史可法、黃得功等人雖忠於南明王室，但也無法挽回敗局。

75 建帝飄零烈帝慘：建帝，即明建文帝朱允炆。建帝飄零，指明成祖攻下南京後，建文帝下落不明，據說當了雲遊和尚。烈帝慘，指明崇禎帝在李自成攻破北京後，在煤山自縊。

76 英宗困頓武宗荒：英宗困頓，指明英宗朱祁鎮親征瓦剌，兵敗被俘事。武宗荒，明武宗朱厚照，是明代最荒淫的皇帝。

77 福王一：是說南明福王朱由崧在位只一年。

78 吳梅村：即吳偉業，生於明神宗萬曆三十七年，卒於清聖祖康熙十年（西元一六〇九年——西元一六七一年），字驥公，號梅村，江蘇太倉人。他是復社的領袖之一，也是明末清初的著名詩人。

79 長橋舊院：明末南京歌妓聚居的地方。

80 弋陽腔：明代戲曲聲腔的一種，因源於江西弋陽江一帶而得名，至今仍流傳。弋(漢) yì (國) ㄧˋ 音亦。

81 〔駐馬聽〕：此曲是弔明孝陵的。

82 阿監：即太監。

⑧③〔沈醉東風〕：此曲是弔明故宮的。

⑧④丹墀：墀，階。因此紅漆塗階，故稱丹墀。此指群臣朝見天子之處。

⑧⑤〔折桂令〕：此曲連同後兩曲，皆是弔秦淮舊院一帶的。

⑧⑥當年粉黛，何處笙簫：是說昔日的歌妓不知何處去了。

⑧⑦哰哰：犬吠聲。哰 漢 láo 國 ㄌㄠˊ 音牢。

⑧⑧〔離亭宴帶歇指煞〕：此曲總弔南明的滅亡。

⑧⑨莫愁湖鬼夜哭，鳳凰臺棲梟鳥：莫愁湖、鳳凰臺，皆南京名勝。梟 漢 xiāo 國 ㄒㄧㄠ 音囂。

⑨⓪輿圖換稿：輿圖，地圖。意即江山易主。

⑨①副淨時服，扮皂隸：副淨，男角，此處扮徐青君。時服，即清朝服裝。皂隸，衙門裡的差役。

⑨②朝陪天子輦，暮把縣官門：寫徐青君在明朝的得意和入清後的落魄。

⑨③通侯：爵位名，後也稱列侯，此指朝中達官貴人。

⑨④上元縣：清代分南京為江寧、上元二縣，今其地均屬江蘇南京。

⑨⑤開國元勳留狗尾：徐青君的先祖是明代開國元勳徐達，而到自己卻成了清朝的一個皂隸，故以狗尾自嘲。勳 漢 xūn 國 ㄒㄩㄣ 音熏。

⑨⑥縮龜頭：本是罵人說話，這裡借指隱士，亦有嘲諷意味。

⑨⑦高煙：上好煙草。

⑨⑧公祖父母：明、清時對地方官的尊稱。

⑨⑨綠頭籤：是當時官府捕人用的傳籤，用綠漆籤頭。

⑩⓪紅圈票：是當時官府捕人的文據，上寫被捕人的姓名，並用朱筆圈上。

⑩①寒食：舊節日名，在清明前一日，一說在清明前兩日。至寒食，禁火三日。

小說選

柳毅傳

李朝威

唐儀鳳①中，有儒生柳毅者，應舉下第②，將還湘濱③。念鄉人有客於涇陽④者，遂往告別。至六七里，鳥起馬驚，疾逸道左⑤。又六七里，乃止。見有婦人，牧羊於道畔。毅怪視之，乃殊色⑥也。然而蛾臉不舒⑦，巾袖無光⑧，凝聽翔立⑨，若有所伺。毅詰之曰：「子何苦而自辱如是？」婦始楚⑩而謝，終泣而對曰：「賤妾不幸，今日見辱問於長者⑪。然而恨貫肌骨，亦何能媿避，幸一聞焉。妾洞庭龍君小女也。父母配嫁涇川⑫次子，而夫婿樂逸，為婢僕所惑，日以厭薄⑬。既而將訴於舅姑⑭，舅姑愛其子，不能禦⑮。迨訴頻切⑯，又得罪舅姑。舅姑毀黜⑰以至此。」言訖，歔欷流涕，悲不自勝。又曰：「洞庭於茲，相遠不知其幾多也？長天茫茫，信耗⑱莫通。心目斷盡⑲，無所知哀。聞君將還吳⑳，密通洞庭。或以尺書寄託侍者㉑，未卜將以為可乎？」毅曰：「吾義夫也。聞子之說，氣血俱動，恨無毛羽，不能奮飛。是何可否之謂乎㉒！然而洞庭，深水也。吾行塵間，寧可致意耶？唯恐道途顯晦㉓，不相通達，致負誠託，又乖懇願。子有何術，可導我邪？」女悲泣且謝曰：「負載㉔珍重，不復言矣。脫獲回耗㉕，雖死必謝。君不許，何敢言。既許而問，則洞庭之與京邑，不足為異也。」毅請聞之。女曰：「洞庭之陰，有大橘樹焉，鄉人謂之社橘。君當解去茲帶，束以他物。然後叩樹三發，當有應者。因而隨之，無有礙矣。幸君子書敘之外，悉以心誠之話倚託，千萬無渝！」毅曰：「敬聞命矣。」女遂於襦間解書，再拜以進，東望愁泣，若不自勝。毅深為之戚，乃置書囊中，因復問曰：「吾不知子之牧羊，何所用哉？神祇豈宰殺乎？」女曰：「非羊也，雨工㉖也。」「何為雨工？」曰：「雷霆之類也。」毅數顧視之，則皆矯顧怒步㉗，飲齕甚異。而大小毛角，則無別羊焉。毅又曰：「吾為使者，他日歸洞庭，幸勿相避。」女曰：「寧止㉘不避，當如親戚耳。」語竟，引別東去。不數十步，回望女與羊，俱亡所見矣。

其夕，至邑而別其友。月餘到鄉還家，乃訪於洞庭。洞庭之陰，果有橘社。遂易帶向樹，三擊而止。俄有武夫出於波間，再拜請曰：「貴客將自何所至也？」毅不告其實，曰：「走謁大王耳。」武夫揭水指路，引毅以進。謂毅曰：「當閉目，數息[29]可達矣。」毅如其言，遂至其宮。始見臺閣相向，門戶千萬，奇草珍木，無所不有。夫乃止毅停於大室之隅，曰：「客當居此以伺焉。」毅曰：「此何所也？」夫曰：「此靈虛殿也。」諦視[30]之，則人間珍寶，畢盡於此。柱以白璧，砌以青玉，床以珊瑚，簾以水精，雕琉璃於翠楣，飾琥珀於虹棟[31]。奇秀深杳，不可殫言。然而王久不至，毅謂夫曰：「洞庭君安在哉？」曰：「吾君方幸玄珠閣，與太陽道士講《火經》。少選[32]當畢。」毅曰：「何謂《火經》？」夫曰：「吾君，龍也。龍以水為神，舉一滴可包陵谷。道士，乃人也。人以火為神聖，發一燈可燎阿房[33]。然而靈用不同，玄化各異[34]。太陽道士精於人理，吾君邀以聽。」言語畢而宮門闢。景從雲合[35]，而見一人披紫衣，執青玉，夫躍曰：「此吾君也！」乃至前以告之。君望毅而問曰：「豈非人間之人乎？」毅對曰：「然。」毅而設拜[36]，君亦拜，命坐於靈虛之下。

謂毅曰：「水府幽深，寡人暗昧，夫子不遠千里，將有為乎！」毅曰：「毅，大王之鄉人也。長於楚，遊學於秦㊲。昨下第，間驅涇水右涘㊳，見大王愛女牧羊於野，風環雨鬟㊴，所不忍視。毅因詰之。謂毅曰：『為夫婿所薄，舅姑不念，以至於此。』悲泗淋漓，誠怛㊵人心。遂託書於毅。毅許之，今以至此。」因取書進之。洞庭君覽畢，以袖掩面而泣曰：「老父之罪，不診堅聽㊶，坐貽聾瞽，使閨牕孺弱，遠罹搆害。公乃陌上人㊷也，而能急之。幸被齒髮㊸，何敢負德！」詞畢，又哀咤良久，左右皆流涕。時有宦人密視君者，君以書授之，令達宮中。須臾，宮中皆慟哭。君驚謂左右曰：「疾告宮中，無使有聲，恐錢塘所知。」毅曰：「錢塘何人也？」曰：「寡人之愛弟。昔為錢塘長㊹，今則致政㊺矣。」毅曰：「何故不使知？」曰：「以其勇過人耳。昔堯遭洪水九年者㊻，乃此子一怒也。近與天將失意，塞其五山。上帝以寡人有薄德於古今，遂寬其同氣㊼之罪。然猶縻繫於此，故錢塘之人，日日候焉。」語未畢，而大聲忽發，天拆地裂，宮殿擺簸，雲煙沸湧。俄有赤龍長千餘尺，電目血舌，朱鱗火鬣㊽，項掣金鎖，鎖牽玉柱，千雷萬霆，激繞其身，霰雪雨雹，一時皆下。乃擘青天而飛去㊾。毅恐蹶仆地，君親起持之曰：「無懼，固無害。」毅良久稍安，乃獲自定。因告辭曰：「願得生歸，以避復來。」君曰：「必不如此。其去則然，其來則不然。幸為少盡繾綣。」因命酌互舉，以欵人事。

俄而祥風慶雲，融融怡怡，幢節㊿玲瓏，簫韶以隨。紅妝千萬，笑語熙熙，後有一人，自然蛾眉，明璫(51)滿身，綃縠(52)參差。迫而視之，乃前寄辭者。然若喜若悲，零淚如系。須臾，紅煙蔽其左，紫氣舒其右，香氣環旋，入於宮中。君笑謂毅曰：「涇水之囚人至矣。」君乃辭歸宮中。須臾，又聞怨苦(53)，久而不已。有頃，君復出，與毅飲食。又有一人披紫裳，執青玉，貌聳神溢(54)，立於君左右。謂毅曰：「此錢塘也。」毅起，趨拜之。錢塘亦盡禮相接，謂毅曰：「女姪不幸，為頑童所辱。賴明君子信義昭彰，致達遠冤。不然者，是為涇陵之土(55)矣。饗德懷恩(56)，詞不悉心。」毅撝退辭謝，俯仰唯唯(57)。然後回告兄曰：「向者辰發靈虛，巳至涇陽，午戰於彼，未還於此。中間馳至九天，以告上帝。帝知其冤，而宥其失。

前所遣責，因而獲免。然而剛腸激發，不遑辭候；驚擾宮中，復忤賓客。愧惕慚懼[58]，不知所失。」因退而再拜。君曰：「所殺幾何？」曰：「六十萬。」「傷稼乎？」曰：「八百里。」「無情郎安在？」曰：「食之矣。」君撫然曰：「頑童之為是心也，誠不可忍。然汝亦太草草。賴上帝顯聖，諒其至冤。不然者，吾何辭焉[59]。從此已去。勿復如是！」錢塘復再拜。

是夕，遂宿毅於凝光殿。明日，又宴毅於凝碧宮。會友戚，張廣樂[60]，具以醪醴[61]，羅以甘潔。初，笳角鼙鼓，旌旗劍戟。舞萬夫於其右。中有一夫前曰：「此〈錢塘破陣樂〉[62]。」旌鋋傑氣，顧驟悍慄[63]，坐客視之，毛髮皆豎。復有金石絲竹，羅綺珠翠，舞千女於其左。中有一女前進曰：「此〈貴主還宮樂〉[64]。」清音宛轉，如訴如慕，坐客聽之，不覺淚下。二舞既畢，龍君大悅，錫以紈綺，頒於舞人。然後密席貫坐[65]，縱酒極娛。酒酣，洞庭君乃擊席而歌曰：「大天蒼蒼兮，大地茫茫。人各有志兮，何可思量。狐神鼠聖兮，薄社依墻[66]。雷霆一發兮，其孰取當？荷真人兮信義長[67]，令骨肉兮還故鄉。齊言慚愧兮何時忘！」洞庭君歌罷，錢塘君再拜而歌曰：「上天配合兮，生死有途。此不當婦兮，彼不當夫。腹心辛苦兮，涇水之隅。風霜滿鬢兮，雨雪羅襦。賴明公兮引素書，令骨肉兮家如初。永言珍重兮無時無。」錢塘君歌闋[68]，洞庭君俱起，奉觴於毅。毅踧踖而受爵[69]；飲訖，復以二觴奉二君。乃歌曰：「碧雲悠悠兮，涇水東流。傷美人兮，雨泣花愁。尺書遠達兮，以解君憂。哀冤果雪兮，還處其休。荷和雅兮感甘羞[70]，山家[71]寂寞兮難久留，欲將辭去兮悲綢繆[72]。」歌罷，皆呼萬歲。洞庭君因出碧玉箱，貯以開水犀[73]，錢塘君復出紅珀盤，貯以照夜璣[74]，皆起進毅。毅辭謝而受。然後宮中之人，咸以綃綵珠璧，投於毅側。重疊煥赫，須臾，埋沒前後。毅笑語四顧，愧揖不暇。洎酒闌歡極，毅辭起，復宿於凝光殿。

翌日，又宴毅於清光閣。錢塘因酒作色。踞[75]謂毅曰：「不聞猛石可裂不可捲，義士可殺不可羞耶？愚有衷曲[76]，欲一陳於公，如可，則俱在雲霄；如不可，則皆夷糞壤[77]。足下以為何如哉？」毅曰：「請聞之。」

錢塘曰：「涇陽之妻，則洞庭君之愛女也。淑性茂質，為九姻[78]所重，不幸見辱於匪人[79]。今則絕矣，將欲求託高義，世為親戚。使受恩者知其所歸[80]，懷愛者知其所付[81]，豈不為君子始終之道者。」毅肅然而作，欻然[82]而笑曰：「誠不知錢塘君孱困[83]如是！毅始聞跨九州，懷五岳，洩其憤怒；復見斷鎖金，掣玉柱，赴其急難，毅以為剛決明直，無如君者。蓋犯之者不避其死，感之者不愛其生，此真丈夫之志。奈何簫管方洽，親賓正和，不顧其道，以威加人，豈僕之素望哉！若遇公於洪波之中，玄山[84]之間，鼓以鱗鬚，被以雲雨，將迫毅以死，毅則以禽獸視之，亦何恨哉！今體被衣冠，坐談禮義，盡五常之志性[85]，負百行之微旨[86]，雖人世賢傑，有不如者，況江河靈類乎？而欲以蠢然之軀，悍然之性，乘酒假氣，將迫於人，豈近直[87]哉！且毅之質，不足以藏王一甲之間[88]。然而敢以不伏之心，勝王不道[89]之氣。惟王籌之！」錢塘乃逡巡[90]致謝曰：「寡人生長宮房，不聞正論。向者詞述狂妄，妄突高明[91]。退自循顧，戾不容責。幸君子不為此乖間[92]可也。」其夕，復歡宴，其樂如舊。毅與錢塘，遂為知心友。明日，毅辭歸。洞庭君夫人別宴毅於潛景殿，男女僕妾等悉出預會。夫人泣謂毅曰：「骨肉受君子深恩，恨不得展媿戴[93]，遂至睽別！」使前涇陽女當席拜毅以致謝。夫人又曰：「此別豈有復相遇之日乎？」毅其始雖不諾錢塘之請，然當此席，殊有歎恨之色。宴罷辭別，滿宮悽然，贈遺珍寶，怪不可述。毅於是復循途出江岸，見從者十餘人，擔囊以隨，至其家而辭去。

毅因適廣陵[94]寶肆，鬻其所得。百未發一，財以盈兆。故淮右[95]富族，咸以為莫如。遂娶於張氏，而又娶韓氏。數月，韓氏又亡。徙家金陵，常以鰥曠[96]多感，或謀新匹。有媒氏告之曰：「有盧氏女，范陽人也，父名曰浩，嘗為清流宰[97]。晚歲好道，獨遊雲泉[98]，今則不知所在矣。母曰鄭氏，前年適清河張氏[99]，不幸而張夫早亡。母憐其少，惜其慧美，欲擇德以配焉。不識何如？」毅乃卜日就禮。既而男女二姓[100]，俱為豪族。法用禮物，盡其豐盛。金陵之士，莫不健仰[101]。居月餘，毅因晚入戶，視其妻，深覺類於龍女。而逸豔豐厚，則又過之。因與話昔事。妻謂毅曰：「人世豈有如是之理乎？」經歲餘，有一子，毅益重之。既產踰月，乃穠飾換服，召親戚相會之間，笑謂毅曰：「君不憶余之於昔也？」毅曰：「夙為洞庭君女傳書，至今為憶。」妻曰：「余即洞庭君之女也。涇川之冤，君使得白。銜君之恩，誓心求報。洎錢塘季父論親不從，遂至睽違，天各一方，不能相問。父母欲配嫁於濯錦小兒[102]，某惟以心誓難移，親命難背，既為君子棄絕，分無見期。而當初之冤，雖得以告諸父母，而誓報不得其志[103]，復欲馳白於君子。值君子累娶，當娶於張，已而又娶於韓。迨張韓繼卒，君卜居於茲。故余之父母，乃喜余得遂報君之意。今日獲奉君子，咸善終世，死無恨矣。」因嗚咽泣涕交下。對毅曰：「始不言者，知君無重色之心；今乃言者，知君有感余之意。婦人匪薄[104]，不足以確厚永心[105]。故因君愛子，以託相生[106]。未知君意如何？愁懼兼心，不能自解。君附書之日，笑謂妾曰：『他日歸洞庭，慎無相避。』誠不知當此之際，君豈有意於今日之事乎？其後季父請於君，君固不許。君乃誠將不可邪？抑忿然邪？君其話之！」毅曰：「似有命者。僕始見君子長涇之隅，枉抑憔悴，誠有不平之志。然自約其心者[107]，達君之冤，餘無及也。以言慎勿相避者，偶然耳，豈思哉！洎錢塘逼迫之際，唯理有不可直，乃激人之怒耳。夫始以義行為之志，寧有殺其婿而納其妻者邪？一不可也。善素以操真[108]為志尚，寧有屈於己而伏於心者乎？二不可也。且以率肆胸臆[109]，酧酢紛綸[110]，唯直是圖[111]，不遑避害。然而將別之日，見君有依然之容[112]，心甚恨之。終以人事扼束[113]，無由報謝。吁！今日君盧氏也，又家於人間。則吾始心未為惑矣。從此以往，永奉懽好，心無纖慮也。」妻因深感嬌泣，良久不已。有頃，謂毅曰：「勿以他類[114]，遂為無心，固當知報耳。夫龍壽萬歲，今與君同之。水陸無往不適，君不以為妄也。」毅嘉之曰：「吾不知國客，乃復為神仙之餌[115]。」乃相與覲洞庭。既至，而賓主盛禮，不可具紀。

後居南海[116]，僅四十年，其邸第、輿馬、珍鮮、服玩，雖侯伯之室，無以加也。毅之族咸遂濡澤[117]。以其春秋積序[118]，容狀不衰，南海之人，靡不驚異。洎開元[119]中，上方屬意於神仙之事，精索道術[120]。毅不得安，遂相與歸洞庭。凡十餘歲，莫知其跡。至開元末，毅之表弟薛嘏為京畿令[121]，謫官東南。經洞庭，晴晝長望，俄見碧山出於遠波。舟人皆側立[122]，曰：

「此本無山，恐水怪耳。」指顧之際，山與舟相逼，乃有彩船自山馳來，迎問於嘏。其中有一人呼之曰：「柳公來候耳。」嘏省然記之[123]，乃促至山下，攝衣疾上。山有宮闕如人世，見毅立於宮室之中，前列絲竹，後羅珠翠。物玩之盛，殊倍人間。毅詞理益玄，容顏益少。初迎嘏於砌，持嘏手曰：「別來瞬息，而髮毛已黃。」嘏笑曰：「兄為神仙，弟為枯骨，命也。」毅因出藥五十丸遺嘏，曰：「此藥一丸，可增一歲耳。歲滿復來，無久居人世以自苦也。」歡宴畢，嘏乃辭行。自是已後，遂絕影響。嘏常以是事告於人世。殆四紀[124]，嘏亦不知所在。

隴西李朝威敘而歎曰：「五蟲之長[125]，必以靈者[126]，別斯見矣[127]。人，裸也，移信鱗蟲[128]。洞庭含納大直，錢塘迅疾磊落，宜有承焉[129]。嘏詠而不載，獨可鄰其境[130]。愚義之，為斯文。」

作者

李朝威，唐代隴西人，生平事跡不詳。傳世作品只有《柳毅傳》。

題解

《柳毅傳》是唐代傳奇的代表作，選自《太平廣記》卷四百一十九，版本據中華書局排印本。唐代傳奇，即是當時盛傳於民間的小說，文字或長或短，寫的是豪俠的事跡、愛情的故事和怪異的言行，不一而足。後世作家多從傳奇中取材，撰成雜劇或戲曲，流傳廣遠。《柳毅傳》情節離奇，不愧為精彩名篇。

注釋

①儀鳳：唐高宗李治年號（西元六七六年——西元六七八年）。

②應舉下第：應舉，參加科舉考試。下第，即落第，沒有考取。

③湘濱：湘江邊，唐代江南西道一帶。湘江，湖南境內最大的河流，源出廣西，流入洞庭湖。

④涇陽：今陝西三原。

⑤疾逸道左：疾，快。逸，奔跑不受控制。道左，道旁。

⑥殊色：容貌出眾。

⑦蛾臉不舒：蛾，蛾眉。愁眉不展。

⑧巾袖無光：巾袖，指女人服飾。無光，破舊。

⑨凝聽翔立：凝聽，凝神傾聽。翔立，佇立而有飄舉之狀。

⑩楚：悲痛的樣子。

⑪見辱問於長者：見，被，用時帶謙遜之意。辱問，下問。長者，對人的尊稱。

⑫涇川：指涇河龍君。

⑬厭薄：厭惡、待薄。

⑭舅姑：公婆。

⑮禦：禁止。

⑯迨訴頻切：迨，等到。頻切，頻繁、殷切。迨㊥dài ㊢ㄉㄞˋ音代。

⑰毀黜：擯斥、凌辱。

⑱ 信耗：音信消息。
⑲ 心目斷盡：望穿雙眼，心碎腸斷。形容痛苦之極。
⑳ 吳：本指江蘇一帶，此處泛指南方。
㉑ 侍者：手下役使的人，此處暗指柳毅本人。
㉒ 是何可否之謂乎：表示「當然可以」的意思。
㉓ 道途顯晦：顯，明，指人間。晦，幽深，指神界。句謂人神之間道路阻隔，殊途難通。
㉔ 負載：指擔負龍女所委託的事。
㉕ 脱獲回耗：脱，如果。回耗，回音。
㉖ 雨工：雨神。
㉗ 矯顧怒步：昂首奮步。
㉘ 寧止：豈止。
㉙ 數息：呼吸數次，形容時間之短促。
㉚ 諦視：審視。諦㊅ dì ㊇ ㄉㄧˋ 音帝。
㉛ 虹棟：彩色屋梁。
㉜ 少選：少頃、一會兒。
㉝ 阿房：即阿房宮，秦始皇建。故址在今陝西西安阿房村。
㉞ 靈用不同，玄化各異：指水火的神異作用和玄妙變化。
㉟ 景從雲合：景，古通影。如影之隨形，雲之聚合。此乃形容侍從眾多。
㊱ 設拜：行拜見之禮。
㊲ 長於楚，遊學於秦：楚，今湖北、湖南之地。秦，指京師長安。
㊳ 涘：水邊。涘㊅ sì ㊇ ㄙˋ 音四。

㊴ 風環雨鬢：環，即鬟。此句描述容貌憔悴。

㊵ 誠怛：誠，實在。怛，悲痛，謂令人悲痛。怛（漢）dá（國）ㄉㄚˊ 音答。

㊶ 不診監聽：診，察。堅聽，聽信不疑。指不加考察，聽信人言。

㊷ 陌上人：不相識的路人。

㊸ 幸被齒髮：齒髮尚存，指有生之年。

㊹ 錢塘長：錢塘，在浙江下游。錢塘長，錢塘江的水神。

㊺ 致政：退職免官。

㊻ 堯遭洪水九年者：堯帝時洪水為患，用鯀治水九年而水不息。見《史記‧夏本紀》。

㊼ 同氣：同胞兄弟。

㊽ 朱鱗火鬣：鮮紅色的鱗片和火紅色的鬣毛。鬣（漢）liè（國）ㄌㄧㄝˋ 音獵。

㊾ 擘青天而飛去：擘，分裂。即破空而去。擘（漢）bò（國）ㄅㄛˋ 音播。

㊿ 幢節：指旗幟、儀仗之類。

(51) 明璫：珍珠飾物。

(52) 綃縠：綃，生絲織物。縠，縐紗。綃（漢）xiāo（國）ㄒㄧㄠ 音消。

(53) 怨苦：指龍女悲訴的聲音。

(54) 貌聳神溢：指樣貌出眾，神采四射。

(55) 涇陵之土：土，指墓穴。意即死在涇陵。

(56) 饗德懷恩：饗，同享，指懷念起曾領受的恩德。饗（漢）xiǎng（國）ㄒㄧㄤˇ 音享。

(57) 撝退辭謝，俯仰唯唯：撝退，謙遜。俯仰唯唯，舉止恭敬地應答。撝（漢）huī（國）ㄏㄨㄟ 音揮。

(58) 愧惕慚懼：指羞慚愧歉，警惕戒懼之意。惕（漢）tì（國）ㄊㄧˋ 音剔。

(59) 吾何辭焉：我將如何說辭。

(60) 張廣樂：陳設盛大的樂舞。

(61) 醪醴：醇厚的美酒。醪醴(漢) láo lǐ (國) ㄌㄠˊ ㄌㄧˇ 音牢禮。

(62) 〈錢塘破陣樂〉：為錢塘君戰勝而製的舞樂。《樂府詩集》卷八十〈近代辭曲〉：「〈破陣樂〉本舞曲，唐太宗所造。」

(63) 旌鈇傑氣，顧驟悍慄：指樂舞中旌旗矛戈舞動時表現的英雄豪邁之氣，武士顧盼馳驟時使人顫慄的勇悍神態。

(64) 〈貴主還宮樂〉：貴主，公主。高麗所傳唐曲子有〈還宮樂〉。此謂為龍女還宮而製的舞樂。

(65) 密席貫坐：互相靠緊，依次而坐。

(66) 薄社依墻：薄社，依附於廟社，即老鼠。依墻，即狐狸。

(67) 荷真人兮信義長：荷，承蒙。真人，有德行者，指柳毅。

(68) 闋：樂曲終止。

(69) 毅踧踖而受爵：踧踖，恭敬而不安。爵，酒杯。踧踖(漢) cù jí (國) ㄘㄨˋ ㄐㄧˊ 音促即。

(70) 荷和雅兮感甘羞：和雅，美好、溫情。甘羞，珍饈美食。

(71) 山家：柳毅稱自己的家。

(72) 悲綢繆：悲思纏綿。

(73) 開水犀：水犀牛的犀角，傳說能把水分開。

(74) 照夜璣：夜明珠。

(75) 踞：蹲著，傲慢無禮的姿勢。踞(漢) jù (國) ㄐㄩˋ 音句。

(76) 衷曲：心事。

(77) 皆夷糞壤：夷為糞土，即不利於柳毅。

(78) 九姻：外祖父、外祖母、從母子、妻父、妻母、姑之子、女之子、姊妹之子及己之同族。

(79) 匪人：品行不正者。
(80) 受恩者知其所歸：受恩者，指龍女。歸，歸附。
(81) 懷愛者知其所付：懷愛者，指柳毅。付，愛的施與。
(82) 欻然：忽然。欻(漢) hū (國) ㄏㄨ 音忽。
(83) 孱困：羸弱無能。孱(漢) chán (國) ㄔㄢˊ 音潺。
(84) 玄山：此指波浪如蒼青的山峰。
(85) 五常之志性：五常，指仁、義、禮、智、信五種德行。志性，本性，指品德。
(86) 百行之微旨：百行，各種德行。微旨，精義。
(87) 近直：近於正直。
(88) 且毅之質，不足以藏王一甲之間：柳毅自言其身軀細小，還不足以藏在龍君的一片鱗甲之間。
(89) 不道：不合正道。
(90) 逡巡：後退。逡(漢) qūn (國) ㄑㄩㄣ 音踆。
(91) 向者詞述狂妄，妄突高明：詞述狂妄，說話狂妄。妄突高明，冒犯了先生。
(92) 乖間：背離、間隔。
(93) 媿戴：感恩戴德。媿(漢) kuì (國) ㄎㄨㄟˋ 音愧。
(94) 廣陵：今江蘇揚州。
(95) 淮右：淮水以西，今安徽合肥、鳳陽一帶。
(96) 鰥曠：鰥，妻死無偶。曠，成年未娶。鰥(漢) guān (國) ㄍㄨㄢ 音關。
(97) 嘗為清流宰：清流，清流縣，今安徽滁縣。宰，縣令。
(98) 獨遊雲泉：獨自到名山大川修道。
(99) 前年適清河張氏：適，嫁給。清河，唐郡名，治所在今河北南宮。

(100) 男女二姓：指柳毅與盧氏二家。

(101) 健仰：極為羨慕。

(102) 父母欲配嫁於濯錦小兒：濯錦小兒，即濯錦江龍君之子。濯錦江，在今四川成都。

(103) 而誓報不得其志：指發誓報恩的志願不能實現。

(104) 匪薄：微賤之身，女子自謙之詞。

(105) 確厚永心：使丈夫的心牢不可變。

(106) 故因君愛子，以託相生：因愛其子及其母，共同生活在一起。

(107) 然自約其心者：約，約束、克制。指柳毅自我約束愛慕龍女的感情。

(108) 操真：堅持真誠。

(109) 且以率肆胸臆：率肆，真率、無隱諱地。胸臆，心中見解。

(110) 酧酢紛綸：酧，同酬。酧酢，應對。紛綸，雜亂。酢㊇zuò㊀ㄗㄨㄛˋ音作。

(111) 唯直是圖：只考慮堅持正直之理。

(112) 依然之容：指依依不捨的樣子。

(113) 扼束：即束縛。

(114) 他類：異類，指龍非人類。

(115) 吾不知國客，乃復為神仙之餌：國客，國中上賓。餌，指釣來機會。全句謂我沒想到當初到龍宮作客，竟得到了成仙的機會。

(116) 南海：唐郡名，郡治在今廣州。

(117) 咸遂濡澤：指沾得了福澤。

(118) 以其春秋積序：春秋，年歲。序，指時序。此指年歲一年一年的增長。

(119) 開元：唐玄宗李隆基年號（西元七一三年——西元七四一年）。

⑳ 上方屬意於神仙之事，精索道術：上，指唐朝天子唐玄宗。屬意，留意、關注。精索道術，徵求道術奇異之士。
㉑ 京畿令：畿，京城附近的地方。京畿令，官名，品級較一般縣令為高。
㉒ 側立：側身而立，恐懼的樣子。
㉓ 瞿省然記之：省然，忽然想起的樣子。瞿 漢 gǔ 國 ㄍㄨˇ 音古。
㉔ 殆四紀：殆，幾乎、差不多。紀，古以十二年為一紀。四紀，即四十八年。
㉕ 五蟲之長：蟲，是動物的通稱。五蟲之長，指鳳、麟、龜、龍、人。
㉖ 必以靈者：連上句謂五蟲之中，一定以靈者為長。
㉗ 別斯見矣：指區別可於此處見出。
㉘ 人，裸也，移信鱗蟲：裸，同倮，指身體裸露。人身沒有鱗甲，故稱倮蟲。人是倮（裸）蟲之長，龍是鱗蟲之長，所以人與龍講信義。
㉙ 宜有承焉：承，稟承。句指其品德是有所稟賦的。
㉚ 獨可鄰其境：指柳毅送薛瞿仙藥，使他可以親歷仙境一事。

水滸傳·魯提轄拳打鎮關西

施耐庵

風拂煙籠錦旆①揚，太平時節日初長。能添壯士英雄膽，善解佳人愁悶腸。三尺曉垂楊柳外，一竿斜插杏花傍。男兒未遂平生志，且樂高歌入醉鄉。

三人②上到潘家酒樓上，揀個濟楚閣③兒裡坐下。魯提轄④坐了主位，李忠對席，史進下首坐了。酒保唱了喏⑤，認得是魯提轄，便道：「提轄官人⑥，打多少酒？」魯提（轄）道：「先打四角⑦酒來。」一面鋪下菜蔬果品案酒⑧。又問道：「官人吃甚下飯⑨？」魯達道：「問甚麼！但有⑩，只顧賣來，一發⑪算錢還你。這廝⑫只顧來聒⑬噪。」酒保下去，隨即盪酒上來，但是下口⑭肉食，只顧將來⑮，擺一桌子。三個酒至數杯，正說些閑話，較量⑯些鎗法。說得入港⑰，只聽得隔壁閣子裡，有人哽哽咽咽啼哭。魯達焦躁，便把碟兒盞兒⑱都丟在樓板上。酒保聽得，慌忙上來看時，見魯提轄氣憤憤地，酒保抄手⑲道：「官人要甚東西，分付賣來。」魯達道：

「洒家⑳要甚麼，你也須認的洒家。卻恁地㉑教甚麼人在間壁吱吱的哭，攪俺弟兄們吃酒。洒家須不曾少了你酒錢！」酒保道：「官人息怒。小人㉒怎敢教人啼哭，打攪官人吃酒？這箇哭的，是綽酒座兒唱的㉓父子兩人。不知官人們在此吃酒，一時間自苦了啼哭。」魯提轄道：「可是作怪！你與我喚的他來。」酒保去叫，不多時，只見兩個到來。前面一個十八九歲的婦人，背後一個五六十歲的老兒。手裡拿串拍板㉔，都來到面前。看那婦人，雖無十分的容貌，也有些動人的顏色。但見：

鬅鬆雲髻㉕，插一枝青玉簪兒；裊娜纖腰，繫六幅紅羅裙子。素白舊衫籠雪體，淡黃軟襪襯弓鞋。蛾眉緊蹙㉖，汪汪淚眼落珍珠；粉面低垂，細細香肌消玉雪。若非雨病雲愁，定是懷憂積恨。大體還他肌骨好，不搽脂粉也風流。

那婦人拭著淚眼，向前來，深深的道了三個萬福㉗。那老兒也都相見了。魯達問道：「你兩個是那裡人家？為甚啼哭？」那婦人便道：「官人不知，容奴㉘告稟：奴家是東京人氏㉙，因同父母來這渭州㉚投奔親眷，不想搬移南京㉛去了。母親在客店裡染病身故，子父二人流落在此生受㉜。此間有個財主，叫做鎮關西鄭大官人，因見奴家，便使強媒硬保，要奴作妾。誰想寫了三千貫㉝文書，虛錢實契㉞，要了奴家身體。未及三箇月，他家大娘子好生利害，將奴趕打出來，不容完聚。著落店主人家追要原典身錢三千貫㉟。父親懦弱，和他爭執不的，他又有錢有勢。當初不曾得他一文，如今那討錢來還他？沒計奈何，父親自小教得奴家些小曲兒，來這裡酒樓上趕座子。每日但得些錢來，將大半還他，留些少子父們盤纏㊱。這兩日酒客稀少，違了他錢限，怕他來討時受他羞恥。子父們想起這苦楚來，無處告訴，因此啼哭。不想誤觸犯了官人，望乞恕罪，高抬貴手。」

魯提轄又問道：「你姓甚麼？在那個客店裡歇？那個鎮關西鄭大官人在那裡住？」老兒答道：「老漢姓金，排行第二，孩兒小字翠蓮；鄭大官人便是此間狀元橋下賣肉的鄭屠，綽號㊲鎮關西；老漢父子兩箇，只在前面東門裡魯家客店安下㊳。」魯達聽了道：「呸！俺只道那箇鄭大官人，卻原來是殺豬的鄭屠！這個腌臢潑才㊴，投托著俺小种經略相公門下㊵，做個肉鋪戶，卻原來這等欺負人。」回頭看著李忠、史進道：「你兩個且在這裡，等洒家去打死了那廝便來。」史進、李忠抱住勸道：「哥哥息怒，明日卻理會㊶。」兩個三回五次勸得他住。魯達又道：「老兒你來，洒家與你些盤纏，明日便回東京去如何？」父子兩個告道：「若是能勾㊷得回鄉去時，便是重生父母，再長爺娘。只是店主人家如何肯放？鄭大官人須著落他要錢。」魯提轄道：「這個不妨事！俺自有道理。」便去身邊摸出五兩來銀子，放在桌上，看著史進道：「洒家今日不曾多帶得些出來，你有銀子，借些與俺，洒家明日便送還你。」史進道：「直㊸甚麼？要哥哥還。」去包裹裡取出一錠十兩銀子，放在桌上。魯達看著李忠道：「你也借些出來與洒家。」李忠去身邊摸出二兩來銀子，魯提轄看了見少，便道：「也是個不爽利的人。」魯達只把這十五兩銀子與了金老，分付道：「你父子兩個將去做盤纏，一面收拾行李，俺明日清早來，發付㊹你兩個起身，看那個店主人敢留你！」金老並女兒拜謝去了。魯達把這二兩銀子丟還了李忠。三人再吃了兩角酒，下樓來叫道：「主人家，酒錢洒家明日送來還你。」主人家連聲應道：「提轄只顧自去，但吃不妨，只怕提轄不來賒㊺。」三個人出了潘家酒肆㊻，到街上分手，史進、李忠各自投客店去了。只說魯提轄回到經略府前下處㊼，到房裡，晚飯也不吃，氣憤憤的睡了。主人家又不敢問他。

再說金老得了這一十五兩銀子，回到店中，安頓了女兒，先去城外遠處覓下一輛車兒，回來收拾了行李，還了房宿錢，算清了柴米錢，只等來日天明。當夜無事。次早五更起來，子父兩個先打火做飯，吃罷，收拾了，天色微明。只見魯提轄大踏步走入店裡來，高聲叫道：「店小二㊽，那裡是金老歇處？」小二哥道：「金公，提轄在此尋你。」金老開了房門，便道：「提轄官人，裡面請坐。」魯達道：「坐甚麼！你去便去，等甚麼！」金老引了女兒，挑了擔兒，作謝提轄，便待出門。店小二攔住道：「金公，那裡去？」魯達問道：「他少你房錢？」小二道：「小人房錢，昨夜都算還了。須欠鄭大官人典身錢，著落在小人身上看管他哩！」

魯提轄道：「鄭屠的錢，洒家自還他。你放這老兒還鄉去。」那店小二那裡肯放？魯達大怒，叉開㊾五指，去那小二臉上只一掌，打的那店小二口中吐血；再復一拳，打下當門兩個牙齒。小二爬將起來，一道煙走了。店主人那裡敢出來攔他？金老父子兩個，忙忙離了店中，出城自去尋昨日覓下的車兒去了。且說魯達尋思，恐怕店小二趕去攔截他，且向店裡掇㊿條凳子，坐了兩個時辰。約莫金公去的遠了，方纔起身，逕投狀元橋來。

且說鄭屠開著兩間門面，兩副肉案，懸掛著三五片豬肉。鄭屠正在門前櫃身內坐定，看那十來個刀手賣肉。魯達走到門前，叫聲：「鄭屠！」鄭屠看時，見是魯提轄，慌忙出櫃身來，唱喏道：「提轄恕罪。」便叫副手掇條凳子來：「提轄請坐。」魯達坐下道：「奉著經略相公鈞旨51，要十斤精肉，切做臊子52，不要見半點肥的在上頭。」鄭屠道：「使頭，你們快選好的，切十斤去。」魯提轄道：「不要那等腌臢廝們動手，你自與我切。」鄭屠道：「說得是，小人自切便了。」自去肉案上，揀了十斤精肉，細細切做臊子。那店小二把手帕包了頭，正來鄭屠家報說金老之事，卻見魯提轄坐在肉案門邊，不敢攏來，只得遠遠的立住在房簷下望。這鄭屠整整的自切了半個時辰，用荷葉包了道：「提轄，教人送去。」魯達道：「送甚麼！且住！再要十斤，都是肥的，不要見些精的在上面，也要切做臊子。」鄭屠道：「卻纔[53]精的，怕府裡要裹餛飩，肥的臊子何用？」魯達睜著眼道：「相公鈞旨，分付洒家，誰敢問他？」鄭屠道：「是合用的東西，小人切便了。」又選了十斤實膘的肥肉[54]，也細細的切做臊子，把荷葉來包了，整弄了一早晨，卻得[55]飯罷時候。那店小二那裡敢過來？連那正要買肉的主顧，也不敢攏來。鄭屠道：「著人與提轄拿了，送將[56]府裡去。」魯達道：「再要十斤寸金軟骨[57]，也要細細地剁做臊子，不要見些肉在上面。」鄭屠笑道：「卻不是特地來消遣[58]我！」魯達聽罷，跳起身來，拏著那兩包臊子在手裡，睜眼看著鄭屠說道：「洒家特的要消遣你！」一把兩包臊子劈面打將去，卻似下了一陣的肉雨。鄭屠大怒，兩條忿氣從腳底下直衝到頂門心頭。那一把無明業火[59]焰騰騰的按納不住，從肉案上搶了一把剔骨尖刀，托地跳將下來。魯提轄早拔步在當街上。眾鄰舍並十來個火家⑩，那個敢向前來勸？兩邊過路的人，都立住了腳，和那店小二也驚的呆了。

鄭屠右手拿刀，左手便來要揪魯達。被這魯提轄就勢按住左手，趕將入去，望小腹上只一腳，騰地踢倒了在當街上。魯達再入一步，踏住胸脯，提起那醋鉢兒⑪大小拳頭，看著這鄭屠道：「洒家始投老种經略相公，做到關西五路廉訪使⑫，也不枉了叫做鎮關西。你是箇賣肉的操刀屠戶，狗一般的人，也叫做鎮關西！你如何強騙了金翠蓮？」撲的只一拳，正打在鼻子上，打得鮮血迸流，鼻子歪在半邊，卻便似開了個油醬舖，鹹的、酸的、辣的，一發都滾出來。鄭屠掙不起來，那把尖刀也丟在一邊。口裡只叫：「打得好！」魯達罵道：「直娘賊，還敢應口！」提起拳頭來，就眼眶際眉梢只一拳，打得眼睖縫裂⑬，烏珠迸⑭出，也似開了箇彩帛舖的，紅的、黑的、絳的，都滾將出來。兩邊看的人，懼怕魯提轄，誰敢向前來勸？鄭屠當不過，討饒，魯達喝道：「咄⑮！你是個破落戶⑯，若是和俺硬到底，洒家倒饒了你，你如何叫俺討饒，洒家卻不饒你。」又只一拳，太陽上正著[67]，卻似做了一箇全堂水陸的道場[68]，磬兒、鈸兒、鐃兒，一齊響[69]。魯達看時，只見鄭屠挺在地下，口裡只有出的氣，沒了入的氣，動彈[70]不得。魯提轄假意道：「你這廝詐死，洒家再打！」只見面皮漸漸的變了。魯達尋思道：「俺只指望痛打這廝一頓，不想三拳真箇打死了他。洒家須吃官司，又沒人送飯。不如及早撒開。」拔步便走，回頭指著鄭屠屍道：「你詐死，洒家和你慢慢理會。」一頭罵，一頭大踏步去了。街坊鄰舍，並鄭屠的火家，誰敢向前來攔他？魯提轄回到下處，急急捲了些衣服、盤纏、細軟、銀兩，但是舊衣粗重，都棄了。提了一條齊眉短棒，奔出南門，一道煙走了。

作者

施耐庵，生於元末明初（確年不詳），興化白駒場（今分屬江蘇興化、大豐兩縣）人。關於施耐庵的生平，史書上記載不多。據近人考證，他二十九歲時中舉人，三十五歲舉進士，在錢塘當了兩年官，此後便隱居不仕，閉門著書。施耐庵唯一傳世的作品是《水滸傳》。

施耐庵用生動的筆法和流暢的文字敘事寫人，逼真傳神，明白易曉。《水滸傳》不但保留了宋、元話本的寶貴材料，還建立了演史小說的寫實風格。作者以豐富的知識和想像把原來獨立發展的英雄故事，結合為彼此聯繫的巨製。

題解

本篇節選自《水滸傳》第三回「史大郎夜走華陰縣　魯提轄拳打鎮關西」，版本據中華書局及上海古籍出版社合作出版的排印本。《水滸傳》又名《忠義水滸傳》，與《三國志演義》、《西遊記》和《紅樓夢》並稱中國古典小說的四大名著，在小說史上有著重要的地位。北宋末年以宋江為首的民間豪傑在梁山泊聚義，與官府對抗，雖然以失敗告終，但水滸英雄的故事卻廣泛流傳，成為宋元話本和元代戲劇的重要題材。元末明初，施耐庵將梁山泊的英雄故事和個別傳說精心重組，創作成一部前後連貫的章回小說，以官逼民反做背景，標榜赴義扶危的勇敢行為和俠義氣節。〈魯提轄拳打鎮關西〉是《水滸傳》中的一個精彩片段。

注釋

① 錦旆：旆，旗之一種。錦旆，即錦繡彩旗。旆 漢 pèi 國 ㄆㄟˋ 音沛。
② 三人：指魯達、李忠、史進。
③ 濟楚閣：樓上整齊潔淨的小房間。
④ 魯提轄：即魯達。提轄，宋朝地方上掌管練兵和緝盜的武官。
⑤ 酒保唱了喏：酒保，酒店裡的夥計。喏，古代表示敬意的招呼。唱喏，一邊作揖，一邊出聲致意。喏 漢 rě 國 ㄖㄜˇ 音惹。
⑥ 官人：這裡是對有地位男子的尊稱。
⑦ 角：古代量器，後來作酒的計量單位。
⑧ 案酒：下酒。
⑨ 下飯：指下飯的菜。
⑩ 但有：只要有。下文的「但是」是「只要是」的意思。
⑪ 一發：一齊。
⑫ 這廝：相當於這家伙，這是一種帶有輕蔑的稱呼。
⑬ 聒：吵鬧。聒 漢 guā 國 ㄍㄨㄚ 音瓜。
⑭ 下口：好吃的，可口的。

⑮ 只顧將來：只管拿來。
⑯ 較量：這裡是談論的意思。
⑰ 入港：談説投合。
⑱ 盞兒：淺的酒杯。
⑲ 抄手：兩臂交叉在胸前，表示施禮。
⑳ 洒家：指我。宋、元時陝西、甘肅一帶人的自稱。
㉑ 恁地：這樣的，那麼。恁(漢) rèn (國) ㄖㄣˋ 音任。
㉒ 小人：地位低微的人對有地位的人説話時常自稱小人，以示謙卑。
㉓ 綽酒座兒唱的：串酒樓賣唱的人。下文的「來這裡的酒樓上趕座子」也是這個意思。
㉔ 拍板：一種敲擊樂器，由兩片或幾片木板組成，歌唱時用來打節拍。
㉕ 鬅鬆雲髻：鬆軟如雲的髮髻。鬅(漢) péng (國) ㄆㄥˊ 音朋。髻(漢) jì (國) ㄐㄧˋ 音繼。
㉖ 蛾眉緊蹙：蛾眉，形容女子眼眉。指眉頭皺起來。蹙(漢) cù (國) ㄘㄨˋ 音促。
㉗ 萬福：古時婦女對人行禮，口稱「萬福」。後來「萬福」作為行禮的代稱。
㉘ 奴：古時年輕女子的謙稱。下文「奴家」，其義相同。
㉙ 東京人氏：東京人。東京即北宋汴京城，在今河南開封。
㉚ 渭州：今甘肅平涼一帶。
㉛ 南京：北宋的南京，即今河南商邱。
㉜ 子父二人流落在此生受：子父，即父子。生受，受苦。
㉝ 三千貫：三千串錢。過去使用中間有方孔的錢幣，用繩子串上，一千為一串。
㉞ 虛錢實契：賣契上寫明錢數，實際上並沒有得到錢。
㉟ 著落店主人家追要原典身錢三千貫：著落，責成別人做成某件事。典身錢，賣身錢。

㊱ 留些少子父們盤纏：盤纏，路費，這裡是使用或生活上開銷的意思。

㊲ 綽號：外號。

㊳ 只在前面東門裡魯家客店安下：只，就。安下，安身。

㊴ 腌臢潑才：骯髒的無賴。腌臢 漢 ā zāng 國 ㄤ ㄗㄤ 音骯髒。

㊵ 投托著俺小种經略相公門下：种，姓氏。小种經略相公，指北宋名將种師道的弟弟种師中。兄弟二人同時鎮守西北，當時人稱兄為「老种經略」，稱弟為「小种經略」。經略，官名，掌管邊疆軍民大事。相公，對上層社會年輕人的敬稱。种 漢 chóng 國 ㄔㄨㄥˊ 音蟲。

㊶ 理會：過問，處理。

㊷ 勾：同夠。

㊸ 直：同值。

㊹ 發付：打發。

㊺ 賒：欠，購物時延期付款。賒 漢 shē 國 ㄕㄜ 音奢。

㊻ 酒肆：酒館。肆 漢 sì 國 ㄙˋ 音四。

㊼ 下處：出門人暫時落腳的住處。

㊽ 店小二：客店裡招呼客人的夥計。

㊾ 叉開：把手指張開。

㊿ 掇：用雙手端出。掇 漢 duō 國 ㄉㄨㄛ 音多。

(51) 鈞旨：鈞，敬辭。旨，命令。

(52) 臊子：碎肉。臊 漢 sào 國 ㄙㄠˋ 音掃去聲。

(53) 卻纔：剛才。纔 漢 cái 國 ㄘㄞˊ 音材。

(54) 實膘的肥肉：結結實實的肥肉。膘 漢 biāo 國 ㄅㄧㄠ 音標。

55 卻得：直到。

56 送將：送到。將，助詞，多用於動詞之後。下文有打將、赴將等，與這裡用法相同。

57 寸金軟骨：即軟骨。軟骨短小，所以叫「寸金軟骨」。

58 消遣：戲弄，捉弄。

59 無明業火：怒火，佛教用語。

60 火家：夥計。

61 醋鉢兒：裝醋的盆兒，這裡用來形容拳頭大。鉢，陶製的器皿，形狀像盆。鉢 漢 bō 國 ㄅㄛ 音剝。

62 關西五路廉訪使：官名。這是指老种經略。

63 眼睖縫裂：眼角裂開。睖 漢 lèng 國 ㄌㄥˋ 音愣。

64 迸：爆裂。

65 咄：呵叱聲。咄 漢 duò 國 ㄉㄨㄛˋ 音惰。

66 破落户：這裡是無賴的意思。

67 太陽上正著：正好打中太陽穴。

68 全堂水陸的道場：佛教的大型法會，由和尚唸經，敲打法器，遍施飲食用來救濟所謂水陸鬼魂的法會。全堂，指人數、法物、儀節等都是照規定齊備的。道場，和尚做法事的場所，也指所做的法事，後來道教也沿用這個名稱。

69 磬兒、鈸兒、鐃兒，一齊響：都是敲擊樂器。這裡用這些樂器聲齊響來形容鄭屠的太陽穴被重打的時候，耳朵裡嗡嗡直響的聲音。磬 漢 qìng 國 ㄑㄧㄥˋ 音慶。鈸 漢 bá 國 ㄅㄚˊ 音拔。鐃 漢 náo 國 ㄋㄠˊ 音撓。

70 動彈：指身軀轉動。

三國志演義・諸葛亮舌戰群儒

羅貫中

卻說魯肅①、孔明辭了玄德②、劉琦③，登舟望柴桑郡④來。二人在舟中共議。魯肅謂孔明曰：「先生見孫將軍⑤，切不可實言曹操⑥兵多將廣。」孔明曰：「不須子敬叮嚀，亮自有對答之語。」及船到岸，肅請孔明於館驛中暫歇，先自往見孫權。權正聚文武於堂上議事，聞魯肅回，急召入問曰：「子敬往江夏⑦，體探虛實若何？」肅曰：「已知其略，尚容徐稟。」權將曹操檄文⑧示肅曰：「操昨遣使齎文⑨至此，孤先發遣來使，現今會眾商議未定。」肅接檄文觀看。其略曰：

孤近承帝命，奉詞伐罪⑩。旄麾⑪南指，劉琮⑫束手；荊襄⑬之民，望風歸順。今統雄兵百萬，上將千員，欲與將軍會獵於江夏，共伐劉備，同分土地，永結盟好。幸勿觀望，速賜回音。

魯肅看畢曰：「主公尊意若何？」權曰：「未有定論。」張昭⑭曰：「曹操擁百萬之眾，借天子之名，以征四方，拒之不順。且主公大勢可以拒操者，長江也。今操既得荊州，長江之險，已與我共之矣，勢不可敵。以愚之計，不如納降，為萬安之策。」眾謀士皆曰：「子布之言，正合天意。」孫權沈吟不語。張昭又曰：「主公不必多疑。如降操則東吳民安，江南六郡可保矣。」孫權低頭不語。須臾⑮，權起更衣，魯肅隨於權後。權知肅意，乃執肅手而言曰：「卿欲如何？」肅曰：「恰纔眾人所言，深誤將軍。眾人皆可降曹操，惟將軍不可降曹操。」權曰：「何以言之？」肅曰：「如肅等降操，當以肅還鄉黨⑯，累官故不失州郡也⑰；將軍降操，欲安所歸乎？位不過封侯，車不過一乘，騎不過一匹，從不過數人，豈得南面稱孤⑱哉！眾人之意，各自為己，不可聽也。將軍宜早定大計。」權歎曰：「諸人議論，大失孤望。子敬開說大計，正與吾見相同。此天以子敬賜我也！但操新得袁紹⑲之眾，近又得荊州之兵，恐勢大難以抵敵。」肅曰：「肅至江夏，引諸葛瑾⑳之弟諸葛亮在此，主公可問之，便知虛實。」權曰：「臥龍先生在此乎？」肅曰：「現在館驛中安歇。」權曰：

「今日天晚，且未相見。來日聚文武於帳下，先教見我江東英俊，然後升堂議事。」

肅領命而去。次日至館驛中見孔明，又囑曰：「今見我主，切不可言曹操兵多。」孔明笑曰：「亮自見機而變，決不有誤。」肅乃引孔明至幕下。早見張昭、顧雍等一班文武二十餘人，峨冠博帶，整衣端坐。孔明逐一相見，各問姓名。施禮已畢，坐於客位。張昭等見孔明丰神飄洒，器宇軒昂，料道此人必來游說。張昭先以言挑之曰：「昭乃江東微末之士，久聞先生高臥隆中，自比管、樂㉑。此語果有之乎？」孔明曰：「此亮平生小可之比也。」昭曰：「近聞劉豫州三顧先生於草廬之中，幸得先生，以為如魚得水，思欲席捲荊襄。今一旦以屬曹操，未審是何主見？」孔明自思張昭乃孫權手下第一個謀士，若不先難倒他，如何說得孫權，遂答曰：「吾觀取漢上之地，易如反掌。我主劉豫州躬行仁義，不忍奪同宗之基業，故力辭之。劉琮孺子，聽信佞言㉒，暗自投降，致使曹操得以猖獗。今我主屯兵江夏，別有良圖，非等閒可知也。」昭曰：「若此，是先生言行相違也。先生自比管、樂：管仲相桓公，霸諸侯，一匡天下；樂毅扶持微弱之燕，下[23]齊七十餘城；此二人者，真濟世之才也。先生在草廬之中，但笑傲風月，抱膝危坐[24]；今既從事劉豫州，當為生靈興利除害，剿滅亂賊。且劉豫州未得先生之前，尚且縱横寰宇，割據城池；今得先生，人皆仰望：雖三尺童蒙，亦謂彪虎[25]生翼，將見漢室復興，曹氏即滅矣；朝廷舊臣，山林隱士，無不拭目而待：以為拂高天之雲翳，仰日月之光輝，拯民於水火之中，措天下於衽席之上[26]，在此時也。何先生自歸豫州，曹兵一出，棄甲拋戈，望風而竄；上不能報劉表[27]以安庶民，下不能輔孤子而據疆土；乃棄新野，走樊城，敗當陽，奔夏口[28]，無容身之地：是豫州既得先生之後，反不如其初也。管仲、樂毅，果如是乎？愚直之言，幸勿見怪！」孔明聽罷，啞然[29]而笑曰：「鵬飛萬里，其志豈群鳥能識哉？譬如人染沈痾[30]，當先用糜粥以飲之，和藥以服之；待其腑臟調和，形體漸安，然後用肉食以補之，猛藥以治之：則病根盡去，人得全生也。若不待氣脈和緩，便投以猛藥厚味，欲求安保，誠為難矣。吾主劉豫州，向日軍敗於汝南，寄跡劉表，兵不滿千，將止關、張、趙雲而已㉛，此正如病勢尪羸㉜已極之時也。新野山僻小縣，人民稀少，糧食鮮薄，豫州不過暫借以容身，豈真將坐守於此耶？夫以甲兵不完，城郭不固，軍不經練，糧不繼日，然而博望燒屯，白河用水㉝，使夏侯惇、曹仁輩心驚膽裂㉞：竊謂管仲、樂毅之用兵，未必過此。至於劉琮降操，豫州實出不知；且又不忍乘亂奪同宗之基業，此真大仁大義也。當陽之敗，豫州見有數十萬赴義之民，扶老攜幼相隨，不忍棄之，日行十里，不思進取江陵，甘與同敗，此亦大仁大義也。寡不敵眾，勝負乃其常事。昔高皇數敗於項羽，而垓下一戰成功，此非韓信之良謀乎？夫信久事高皇，未嘗累勝。蓋國家大計，社稷安危，是有主謀。非比誇辯之徒，虛譽欺人，坐議立談，無人可及；臨機應變，百無一能：誠為天下笑耳！」這一篇言語，說得張昭並無一言回答。

座上忽一人抗聲問曰：「今曹公兵屯百萬，將列千員，龍驤㉟虎視，平吞江夏，公以為何如？」孔明視之，乃虞翻㊱也。孔明曰：「曹操收袁紹蟻聚之兵，劫劉表烏合之眾，雖數百萬不足懼也。」虞翻冷笑曰：「軍敗於當陽，計窮於夏口，區區求救於人，而猶言不懼，此真大言欺人也！」孔明曰：「劉豫州以數千仁義之師，安能敵百萬殘暴之眾，退守夏口，所以待時也。今江東兵精糧足，且有長江之險，猶欲使其主屈膝降賊，不顧天下恥笑；由此論之，劉豫州真不懼操賊者矣！」虞翻不能對。

座間又一人問曰：「孔明欲效儀、秦之舌㊲，游說東吳耶？」孔明視之，乃步騭㊳也。孔明曰：「步子山以蘇秦、張儀為辯士，不知蘇秦、張儀亦豪傑也：蘇秦佩六國相印，張儀兩次相秦，皆有匡扶人國之謀，非比畏強凌弱，懼刀避劍之人也。君等聞曹操虛發詐偽之詞，便畏懼請降，敢笑蘇秦、張儀乎？」步騭默然無語。

忽一人問曰：「孔明以曹操何如人也？」孔明視其人，乃薛綜㊴也。孔明答曰：「曹操乃漢賊也，又何必問？」綜曰：「公言差矣：漢歷傳至今，天數將終。今曹公已有天下三分之二，人皆歸心。劉豫州不識天時，強欲與爭，正如以卵擊石，安得不敗乎？」孔明厲聲曰：「薛敬文安得出此無父無君之言乎！夫人生天地間，以忠孝為立身之本。公既為漢臣，則見有不臣之人，當誓共戮之，臣之道也。今曹操祖宗叨食漢祿㊵，不思報効，反懷篡逆之心，天下之所共憤；公乃以天數歸之，真無父無君之人也！不足與語！請勿復言！」薛綜滿面羞慚，不能對答。

座上又一人應聲問曰：「曹操雖挾天子以令諸侯，猶是相國曹參㊶之後。劉豫州雖云中山靖王苗裔，卻無可稽考，眼見只是織蓆販屨之夫耳，何足與曹操抗衡哉！」孔明視之，乃陸績㊷也。孔明笑曰：「公非袁術座間懷橘之陸郎乎㊸？請安坐，聽吾一言：曹操既為曹相國之後，則世為漢臣矣；今乃專權肆橫，欺凌君父，是不惟無君，亦且蔑祖；不惟漢室之亂臣，亦曹氏之賊子也。劉豫州堂堂帝胄，當今皇帝，按譜賜爵，何云無可稽考？且高祖起身亭長，而終有天下；織蓆販屨，又何足為辱乎？公小兒之見，不足與高士共語！」陸績語塞。

座上一人忽曰：「孔明所言，皆強詞奪理，均非正論，不必再言。且請問孔明治何經典？」孔明視之，乃嚴畯㊹也。孔明曰：「尋章摘句，世之腐儒也，何能興邦立事？且古耕莘伊尹[45]，釣渭子牙[46]，張良、陳平之流[47]，鄧禹、耿弇之輩[48]，皆有匡扶宇宙之才，未審其生平治何經典——豈亦效書生區區於筆硯之間，數黑論黃，舞文弄墨而已乎？」嚴畯低頭喪氣而不能對。

忽又一人大聲曰：「公好為大言，未必真有實學，恐適為儒者所笑耳。」孔明視其人，乃汝南程德樞[49]也。孔明答曰：「儒有君子小人之別：君子之儒，忠君愛國，守正惡邪，務使澤及當時，名留後世。若夫小人之儒，惟務彫蟲[50]，專工翰墨，青春作賦，皓首窮經[51]，筆下雖有千言，胸中實無一策；且如揚雄[52]以文章名世，而屈身事莽，不免投閣而死，此所謂小人之儒也；雖日賦萬言，亦何取哉！」程德樞不能對。眾人見孔明對答如流，盡皆失色。

時座上張溫、駱統二人[53]，又欲問難。忽一人自外而入，厲聲言曰：「孔明乃當世奇才，君等以脣舌相難，非敬客之禮也。曹操大軍臨境，不思退敵之策，乃徒鬥口耶！」眾視其人，乃零陵人，姓黃，名蓋，字公覆，現為東吳糧官。當時黃蓋㊹謂孔明曰：「愚聞多言獲利，不如默而無言。何不將金石之論㊺為我主言之，乃與眾人辯論也？」孔明曰：「諸君不知世務，互相問難，不容不答耳。」於是黃蓋與魯肅引孔明入。至中門，正遇諸葛瑾，孔明施禮。瑾曰：「賢弟既到江東，如何不來見我？」孔明曰：「弟既事劉豫州，理宜先公後私。公事未畢，不敢及私。望兄見諒。」瑾曰：「賢弟見過吳侯，卻來敘話。」說罷自去。

魯肅曰：「適間所囑，不可有誤。」孔明點頭應諾。引至堂上，孫權降階而迎，優禮相待。施禮畢，賜孔明坐。眾文武分兩行而立。魯肅立於孔明之側，只看他講話。孔明致玄德之意畢。偷眼看孫權：碧眼紫鬚，堂堂一表。孔明暗思：「此人相貌非常，只可激，不可說。等他問時，用言激之便了。」獻茶已畢，孫權曰：「多聞魯子敬談足下之才，今幸得相見，敢求教益。」孔明曰：「不才無學，有辱明問。」權曰：「足下近在新野，佐劉豫州與曹操決戰，必深知彼軍虛實。」孔明曰：「劉豫州兵微將寡，更兼新野城小無糧，安能與曹操相持？」權曰：「曹兵共有多少？」孔明曰：「馬步水軍，約有一百餘萬。」權曰：「莫非詐乎？」孔明曰：「非詐也：曹操就兗州已有青州軍二十萬㊺，平了袁紹，又得五六十萬；中原新招之兵三四十萬；今又得荊州之軍二三十萬：以此計之，不下一百五十萬。亮以百萬言之，恐驚江東之士也。」魯肅在旁，聞言失色，以目視孔明；孔明只做不見。權曰：「曹操部下戰將，還有多少？」孔明曰：「足智多謀之士，能征慣戰之將，何止一二千人！」權曰：「今曹操平了荊、楚㊼，復有遠圖乎？」孔明曰：「即今沿江下寨，準備戰船，不欲圖江東，待取何地？」權曰：「若彼有吞併之意，戰與不戰，請足下為我一決。」孔明曰：「亮有一言，但恐將軍不肯聽從。」權曰：「願聞高論。」孔明曰：「向者宇內大亂，故將軍起江東，劉豫州收眾漢南，與曹操並爭天下。今操芟除㊽大難，略已平矣；近又新破荊州，威震海內；縱有英雄，無用武之地：故豫州遁逃至此。願將軍量力而處之。若能以吳、越㊾之眾，與中國㊿抗衡，不如早與之絕；若其不能，何不從眾謀士之論，按兵束甲，北面而事之(61)？」權未及答。孔明又曰：「將軍外託服從之名，內懷疑貳[62]之見，事急而不斷，禍至無日矣。」權曰：「誠如君言，劉豫州何不降操？」孔明曰：「昔田橫[63]齊之壯士耳，猶守義不辱；況劉豫州王室之胄，英才蓋世，眾士仰慕？事之不濟，此乃天也，又安能屈處人下乎？」

孫權聽了孔明此言，不覺勃然變色，拂衣而起，退入後堂。眾皆哂笑而散。魯肅責孔明曰：「先生何故出此言？幸是吾主寬洪大度，不即面責。先生之言，藐視吾主甚矣。」孔明仰面笑曰：「何如此不能容物耶！我自有破曹之計，彼不問我，我故不言。」肅曰：「果有良策，肅當請主公求教。」孔明曰：「吾視曹操百萬之眾，如群蟻耳！但我一舉手，則皆為齏粉矣！」肅聞言，便入後堂，見孫權。權怒氣未息，顧謂肅曰：「孔明欺吾太甚！」肅曰：「臣亦以此責孔明，孔明反笑主公不能容物，破曹之策，孔明不肯輕言。主公何不求之？」權回嗔作喜曰：「原來孔明有良謀，故以言詞激我。我一時淺見，幾誤大事。」便同魯肅重復出堂，再請孔明敘話。權見孔明，謝曰：「適來冒瀆威嚴，幸勿見罪。」孔明亦謝曰：「亮言語冒犯，望乞恕罪。」權邀孔明入後堂，置酒相待。數巡之後，權曰：「曹操平生所惡者：呂布、劉表、袁紹、袁術、豫州與孤耳。今數雄已滅，獨豫州與孤尚存。孤不能以全吳之地，受制於人。吾計決矣。非劉豫州莫與當曹操者；然豫州新敗之後，安能抗此難乎？」孔明曰：「豫州雖新敗，然關雲長猶率精兵萬人；劉琦領江夏戰士，亦不下萬人。曹操之眾，遠來疲憊；近追豫州，輕騎一日夜行三百里。此所謂『強弩之末，勢不能穿魯縞㊹』者也。且北方之人，不習水戰。荊州士民附操者，迫於勢耳，非本心也。今將軍誠能與豫州協力同心，破曹軍必矣。操軍破，必北還，則荊、吳之勢強，而鼎足之形成矣。成敗之機，在於今日：惟將軍裁之。」權大悅曰：「先生之言，頓開茅塞。吾意已決，更無他疑。即日商議起兵，共滅曹操。」遂令魯肅將此意傳諭文武官員，就送孔明於館驛安歇。

張昭知孫權欲興兵，遂與眾議曰：「中了孔明之計也！」急入見權曰：「昭等聞主公將興兵與曹操爭鋒。主公自思比袁紹若何？曹操向日兵微將寡，尚能一鼓克袁紹；何況今日擁百萬之眾南征，豈可輕敵？若聽諸葛亮之言，妄動甲兵，此所謂負薪救火也。」孫權只低頭不語。顧雍㊺曰：「劉備因為曹操所敗，故欲借我江東之兵以拒之，主公奈何為其所用乎？願聽子布之言。」孫權沈吟未決。張昭等出，魯肅入見曰：「適張子布等，又勸主公休動兵，力主降議，此皆全軀保妻子之臣，為自謀之計耳。願主公勿聽也。」孫權尚在沈吟。肅曰：「主公若遲疑，必為眾人誤矣。」權曰：「卿且暫退，容我三思。」肅乃退出。時武將或有要戰的，文官都是要降的，議論紛紛不一。

且說孫權退入內宅，寢食不安，猶豫不決。吳國太㊻見權如此，問曰：「何事在心，寢食俱廢？」權曰：「今曹操屯兵於江、漢，有下江南之意。問諸文武，或欲降者，或欲戰者。欲待戰來，恐寡不敵眾；欲待降來，又恐曹操不容：因此猶豫不決。」吳國太曰：「汝何不記吾姐臨終之語乎？」孫權如醉方醒，似夢初覺，想出這句話來。正是：追思國母臨終語，引得周郎立戰功。畢竟說著甚的，且看下文分解。

作者

羅貫中，名本，字貫中，號湖海散人，太原（今山西太原）人，一說錢塘（今浙江杭州）人，生當元末亂世，確年不詳。為人性情孤介，平生事蹟傳說甚多：一說他「遭時多故」，南北飄流，「不知其所終」；一說他曾入義軍張士誠幕；又有人說他是「有志圖王者」。有關羅貫中的生平資料，保存下來的很少。從他的創作中，可看出他對當時社會及政治狀況的不滿，因而主張施「仁政」、行「王道」，嚮往一種以綱常名教為支柱的統一、安定局面。著作除《三國志演義》最為有名外，尚有《殘唐五代史演義》、《平妖傳》等小說，雜劇則有《龍虎風雲會》。

題解

本篇節選自《三國志演義》第四十三回「諸葛亮舌戰群儒　魯子敬力排眾議」，版本據人民文學出版社排印本。《三國志演義》是一部文學價值很高的長篇演史小說，作者羅貫中依據陳壽《三國志》、裴松之《三國志注》及平話，從東漢靈帝中平元年（西元一八四年）黃巾起義開始，一直敘寫到晉武帝太康元年（西元二八〇年）吳亡為止，所記魏、蜀、吳三國鼎足稱霸的故事，凡九十七年。

「演義」是從宋元間的「講史」發展出來的一種體裁，宋元時稱「平話」，到元末明初後稱「演義」，都是在正史的基礎上添設敷演而成，因有史實根據，所以跟一般憑空臆造的小說有明顯的分別。

本篇記述諸葛亮於赤壁大戰前，單獨到吳國游說孫權和周瑜，身臨敵境，舌戰群儒，為當時勢窮力薄的劉備取得強而有力的同盟，實現了聯吳抗曹的計劃。作者生動地描寫諸葛亮超凡的膽識與傑出的辯才。主要情節以諸葛亮隻身入吳為開始，當時吳國內部正因曹操的一紙招降檄文而陷入慌亂之中，主和派與主戰派相持不下。諸葛亮面對此一形勢，逐一駁斥主降派的問難，說服了吳主孫權與劉備合力抗曹。文中最精彩之處是借助雙方唇槍舌劍的語言，表現出諸葛亮從容不迫、才智超群的外交家風範。

注釋

①魯肅：生於漢靈帝熹平元年，卒於獻帝建安二十二年（西元一七二年——西元二一七年），字子敬，東吳名將。

②孔明辭了玄德：孔明，諸葛亮，生於漢靈帝光和四年，卒於蜀漢後主建興十二年（西元一八一年——西元二三四年），字孔明，蜀漢傑出的政治家、軍事家。玄德，劉備，生於漢桓帝延熹四年，卒於蜀漢昭烈帝章武二年（西元一六一年——西元二二三年），字玄德，即蜀漢昭烈帝，史稱先主，蜀漢的建立者。

③**劉琦**：生年不詳，卒於漢獻帝建安十四年（？——西元二〇九年），劉表長子。

④**柴桑郡**：縣名，屬揚州豫章郡。故城址在今江西九江西南。

⑤孫將軍：孫權，生於漢靈帝光和五年，卒於吳大帝神鳳一年（西元一八二年——西元二五二年），字仲謀，即吳大帝，吳國的建立者。

⑥曹操：生於漢桓帝永壽元年，卒於漢獻帝建安二十五年（西元一五五年——西元二二〇年），字孟德，小名阿瞞，即魏武帝。三國時傑出政治家、軍事家。

⑦江夏：郡名，屬荊州。

⑧檄文：古代文書、文告的一種。檄㊥ xí ㊤ ㄒㄧˊ 音昔。

⑨齎文：齎，持帶。齎文謂持帶文書。齎㊥ jī ㊤ ㄐㄧ 音基。

⑩奉詞伐罪：奉皇帝的命令討伐有罪的大臣，這是曹操挾天子以令諸侯的託詞。

⑪旄麾：即旄麾，用氂牛尾作裝飾的旗幟或帥旗。旄㊥ máo ㊤ ㄇㄠˊ 音毛。麾㊥ huī ㊤ ㄏㄨㄟ 音揮。

⑫劉琮：生卒年不詳，荊州牧劉表次子。琮㊥ cóng ㊤ ㄘㄨㄥˊ 音從。

⑬荊襄：荊襄九郡即荊州。荊州曾以襄陽為治所，故以此相稱。

⑭ 張昭：生於漢桓帝永壽二年，卒於吳大帝嘉禾五年（西元一五六年——西元二三六年），字子布，吳國大臣。

⑮ 須臾：一會兒，不久。

⑯ 鄉黨：鄉里，故鄉。

⑰ 累官故不失州郡也：累，積累。逐步升官可以任一州一郡的刺史、太守。

⑱ 南面稱孤：謂稱帝。南面，古代帝王的座位向南。

⑲ 袁紹：生年不詳，卒於漢獻帝建安七年（？——西元二〇二年），字本初，汝陽（今河南商水西南）人，東漢末群雄之一。

⑳ 諸葛瑾：生於漢靈帝熹平三年，卒於吳大帝赤烏四年（西元一七四年——西元二四一年），字子瑜，琅邪陽都（今山東沂南南）人。諸葛亮之兄，吳國大臣。

㉑ 管、樂：管，即管仲，名夷吾，春秋時齊國的賢相。他輔助齊桓公對內勵精圖治，對外「九合諸侯」，稱霸天下。樂，即樂毅，戰國時燕國大將，曾率趙、魏、秦、楚、燕五國大兵攻齊國，連下七十餘城，以功封昌國君。

㉒ 佞言：花言巧語。

㉓ 下：攻下，使之降服。

㉔ 危坐：端坐。漢代人席地而坐，危坐即正身跪坐。

㉕ 彪虎：猛虎。

㉖ 措天下於衽席之上：措，置。衽席，蓆，古人蓆地而坐。將天下置於蓆上，意有從容治理天下之態。
衽 漢 rèn 國 ㄖㄣˋ 音認。

㉗ 劉表：生於漢順帝建康元年，卒於漢獻帝建安十三年（西元一四四年——西元二〇八年），字景昇，東漢遠支皇族。

㉘ 乃棄新野，走樊城，敗當陽，奔夏口：新野，縣名，屬荊州南陽郡，後劃歸襄陽郡，故城址在今河南新野南。樊城，古城堡名，在荊州南郡襄陽縣城北，隔漢水與襄陽城相望，故城址在今湖北襄樊漢水北岸。當陽，縣名，屬荊州南郡，故城址在今湖北當陽東。夏口，地名，漢水入長江口，在今湖北武漢漢口。古時漢水始出嶓冢山，稱漾水，經沔縣稱沔水，過漢中稱漢水，襄陽以下稱夏水或襄江，故而漢水入長江處稱夏口。

㉙ 啞然：形容笑聲。

㉚ 沈疴：重病。

㉛ 將止關、張、趙雲而已：關，關羽，生於漢桓帝延熹三年，卒於漢獻帝建安二十四年（西元一六〇年——西元二一九年），字長生，改字雲長，蜀國名將。張，張飛，生年不詳，卒於蜀漢昭烈帝章武元年（？——西元二二一年），字翼德，蜀漢大將。趙，趙雲，生年不詳，卒於蜀漢後主建興五年（？——西元二二七年），字子龍，蜀漢大將。

㉜ 尫羸：瘦弱。尫(漢) wāng (國) ㄨㄤ 音汪。羸(漢) léi (國) ㄌㄟˊ 音雷。

㉝ 然而博望燒屯，白河用水：博望，縣名，屬荊州南陽郡，故城址在今河南方城西南。白河，河水名，即東漢三國時的淯水，漢水支流。

㉞ 使夏侯惇、曹仁輩心驚膽裂：夏侯惇，生年不詳，卒於魏文帝黃初元年（？——西元二二〇年），字元讓，魏國大將。曹仁，生於漢靈帝建寧元年，卒於魏文帝黃初四年（西元一六八年——西元二二三年）字子孝，魏國大將。

㉟ 龍驤：馬頭上仰。

㊱ 虞翻：生於漢桓帝延熹七年，卒於吳大帝嘉禾二年（西元一六四年——西元二三三年）字仲翔，東吳名士。

㊲ 孔明欲效儀、秦之舌：儀、秦，指張儀、蘇秦，二人都是戰國時的縱橫家，著名說客，能言善辯。

㊳步騭：生年不詳，卒於吳大帝赤烏十年（？——西元二四七年），字子山，吳國大臣。騭㊅zhì㊄ㄓˋ音至。

㊴蘇綜：生年不詳，卒於吳大帝赤烏六年（？——西元二四三年），字敬文，吳國大臣。綜㊅zòng㊄ㄗㄨㄥˋ音粽。

㊵叨食漢祿：承受漢朝的俸祿。叨，謙辭，如「辱承」。叨㊅tāo㊄ㄊㄠ音滔。

㊶曹參：生年不詳，卒於漢惠帝五年（？——西元前一九〇年），西漢開國功臣，曾隨劉邦起兵，在反秦與楚漢之爭中屢立戰功。

㊷陸績：約生於東漢靈帝中平四年，約卒於漢獻帝建安二十四年（西元一八七？年——西元二一九？年），字公紀，東吳謀士。

㊸公非袁術座間懷橘之陸郎乎：座間懷橘，陸績六歲時，在九江見袁術，袁術拿出橘子待客，他於座間藏起三個在懷裡，臨走時不小心掉了出來。

㊹嚴畯：生卒年不詳。吳國大臣，字曼才。畯㊅jùn㊄ㄐㄩㄣˋ音俊。

㊺耕莘伊尹：典故，指伊尹早年曾在莘耕田。

㊻釣渭子牙：典故，子牙，即姜子牙、姜太公，相傳他在渭水之濱用直鉤釣魚，得遇周文王。

㊼張良、陳平之流：張良、陳平，兩人都是西漢開國大臣。

㊽鄧禹、耿弇之輩：鄧禹、耿弇，兩人都是漢光武劉秀的功臣。

㊾程德樞：程秉，生卒年不詳，字德樞，吳國大臣。

㊿惟務彫蟲：指專注於彫章琢句，在文辭技巧上下功夫。

(51)皓首窮經：畢生研究經學，直至白頭。

(52)揚雄：生於漢宣帝甘露元年，卒於新莽天鳳五年（西元前五三年——西元前一八年）字子雲，漢著名辭賦家。

(53)時座上張溫、駱統二人：張溫，生於漢獻帝初平四年，卒於吳大帝黃龍二年（西元一九三年——西元二三〇年），字惠恕，吳國大臣。駱統，生於漢獻帝初平四年，卒於吳大帝黃武七年（西元一九三年——西元二二八年），字公緒，吳國大臣。

54 黃蓋：生卒年不詳，字公覆，吳國大臣。

55 金石之論：有如金石之經受得起考驗之議論。

56 曹操就兗州已有青州軍二十萬：兗州，東漢州名，轄郡、國八，縣八十。青州，東漢州名，轄郡、國六，縣六十五。

57 今曹操平了荊、楚：荊、楚，指劉表原先佔據的荊州一帶，其地春秋時屬楚國。

58 芟除：剪除。芟（漢）shān（國）ㄕㄢ 音衫。

59 吳、越：指孫權佔據的江東一帶，其地春秋時分屬吳國、越國。

60 中國：即中原、中土，指古代帝都所在的黃河流域，相對於其餘地區而言。

61 北面而事之：北面稱臣。

62 疑貳：疑惑不定，三心二意。

63 田橫：生年不詳，卒於漢高祖五年（西元前？年——西元前二〇二年），秦末齊國貴族，齊王田廣被韓信俘虜，田橫自立為王，被漢軍擊潰後投奔彭越，後來退守海島。漢高祖派人去招降，田橫及部下五百餘人都不肯屈降而自殺。

64 強弩之末，勢不能穿魯縞：弩，以機械裝置發射的弓。縞，未經染色的絹，魯國出產的絹最為細薄。此句用《史記・韓長孺列傳》中的成語，意思是強勁的弩箭到了射程盡頭時，連魯地出產的薄絹也不能穿透。弩（漢）nǔ（國）ㄋㄨˇ 音努。縞（漢）gǎo（國）ㄍㄠˇ 音稿。

65 顧雍：生於漢靈帝建寧元年，卒於吳大帝赤烏六年（西元一六八年——西元二四三年）字元嘆，吳國大臣。

66 吳國太：孫夫人的母親，是故事中虛構人物。

西遊記・孫悟空大鬧天宮

吳承恩

話表齊天大聖到底是個妖猴，更不知官銜品從①，也不較俸祿高低，但只註名②便了。那齊天府下二司仙吏，早晚伏侍，只知日食三餐，夜眠一榻，無事牽縈③，自由自在。閑時節會友遊宮，交朋結義。見三清④，稱個「老」字；逢四帝⑤，道個「陛下」。與那九曜星⑥、五方將、二十八宿⑦、四大天王⑧、十二元辰、五方五老⑨、普天星相、河漢⑩群神，俱只以弟兄相待，彼此稱呼。今日東遊，明日西蕩，雲去雲來，行蹤不定。

一日，玉帝早朝，班部中閃出許旌陽真人，頫顖⑪啟奏道：「今有齊天大聖，無事閑遊，結交天上眾星宿，不論高低，俱稱朋友。恐後閑中生事，不若與他一件事管，庶免別生事端。」玉帝聞言，即時宣詔。那猴王欣欣然而至，道：「陛下，詔老孫有何陞賞？」玉帝道：「朕見您身閑無事，與你件執事⑫。你且權管⑬那蟠桃園，早晚好生在意。」大聖歡喜謝恩，朝上唱喏而退。

他等不得窮忙，即入蟠桃園內查勘⑭。本園中有個土地⑮攔住，問道：「大聖何往？」大聖道：「吾奉玉帝點差⑯，代管蟠桃園，今來查勘也。」那土地連忙施禮，即呼那一班鋤樹力士、運水力士、修桃力士、打掃力士都來見大聖磕頭，引他進去。但見那：

夭夭灼灼⑰，顆顆株株。夭夭灼灼花盈樹，顆顆株株果壓枝。果壓枝頭垂錦彈，花盈樹上簇胭脂。時開時結千年熟，無夏無冬萬載遲。先熟的，酡顏⑱醉臉；還生的，帶蒂青皮。凝煙肌帶綠，映日顯丹姿。樹下奇葩并異卉，四時不謝色齊齊。左右樓臺并館舍，盈空常見罩雲霓。不是玄都凡俗種⑲，瑤池王母⑳自栽培。

大聖看玩多時，問土地道：「此樹有多少株數？」土地道：「有三千六百株：前面一千二百株，花微果小，三千年一熟，人喫了成仙了道，體健身輕。中間一千二百株，層花甘實，六千年一熟，人喫了霞舉飛昇，長生不老。後面一千二百株，紫紋緗核㉑，九千年一熟，人喫了與天地齊壽，日月同庚㉒。」大聖聞言，歡喜無任㉓。當日查明了株樹，點看了亭閣，回府。自此後，三五日一次賞玩，也不交友，也不他遊。

一日，見那老樹枝頭，桃熟大半，他心裡要喫個嘗新。奈何本園土地、力士並齊天府仙吏緊隨不便。忽設一計道：「汝等且出門外伺候，讓我在這亭上少憩㉔片時。」那眾仙果退。只見那猴王脫了冠服，爬上大樹，揀那熟透的大桃，摘了許多，就在樹枝上自在受用。喫了一飽，卻纔跳下樹來，簪冠著服，喚眾等儀從回府。遲三二日，又去設法偷桃，儘他享用。

一朝，王母娘娘設宴，大開寶閣，瑤池中做「蟠桃勝會」，即著那紅衣仙女、青衣仙女、素衣仙女、皂衣仙女、紫衣仙女、黃衣仙女、綠衣仙女，各頂花籃，去蟠桃園摘桃建會㉕。七衣仙女直至園門首，只見蟠桃園土地、力士同齊天府二司仙吏，都在那裡把門。仙女近前道：「我等奉王母懿旨㉖，到此摘桃設宴。」土地道：「仙娥且住。今歲不比往年了，玉帝點差齊天大聖在此督理，須是報大聖得知，方敢開園。」仙女道：「大聖何在？」土地道：「大聖在園內，因困倦，自家在亭子上睡哩。」仙女道：「既如此，尋他去來，不可遲悞。」土地即與同進。尋至花亭不見，只有衣冠在亭，不知何往。四下裡都沒尋處。原來大聖耍了一會，喫了幾個桃子，變做二寸長的個人兒，在那大樹梢頭濃葉之下睡著了。七衣仙女道：「我等奉旨前來，尋不見大聖，怎敢空回？」旁有仙使道：「仙娥既奉旨來，不必遲疑。我大聖閑遊慣了，想是出園會友去了。汝等且去摘桃。我們替你回話便是。」那仙女依言，入樹林之下摘桃。先在前樹摘了二籃，又在中樹摘了三籃；到後樹上摘取，只見那樹上花果稀疏，止有幾個毛蒂青皮的。原來熟的都是猴王喫了。七仙女張望東西，只見向南枝上止有一個半紅半白的桃子。青衣女用手扯下枝來，紅衣女摘了，卻將枝子望上一放。原來那大聖變化了，正睡在此枝，被他驚醒。大聖即現本相，耳朵內掣出金箍棒，幌一幌，碗來粗細，咄的一聲道：「你是那方怪物，敢大膽偷摘我桃！」慌得那七仙女一齊跪下道：「大聖息怒。我等不是妖怪，乃王母娘娘差來的七衣仙女，摘取仙桃，大開寶閣，做『蟠桃勝會』。適至此間，先見了本園土地等神，尋大聖不見。我等恐遲了王母懿旨，是以等不得大聖，故先在此摘桃，萬望恕罪。」大聖聞言，回嗔作喜㉗道：「仙娥請起。王母開閣設宴，請的是誰？」仙女道：「上會自有舊規。請的是西天佛老、菩薩、聖僧、羅漢㉘、南方南極觀音、東方崇恩聖帝、十洲三島仙翁、北方北極玄靈、中央黃極黃角大仙，這個是五方五老。還有五斗星君、上八洞三清，四帝、太乙天仙等眾、中八洞玉皇、九壘、海嶽神仙；下八洞幽冥教主㉙、注世地仙。各宮各殿大小尊神，俱一齊赴蟠桃嘉會。」大聖笑道：「可請我麼？」仙女道：「不曾聽得說。」大聖道：「我乃齊天大聖，就請我老孫做個席尊，有何不可？」仙女道：「此是上會舊規，今會不知如何。」大聖道：「此言也是，難怪汝等。你且立下，待老孫先去打聽個消息，看可請老孫不請。」

好大聖，捻著訣，念聲咒語，對眾仙女道：「住！住！住！」這原來是個定身法，把那七衣仙女，一個個睖睖睜睜㉚，白著眼，都站在桃樹之下。大聖縱朵祥雲，跳出園內，竟奔瑤池路上而去。正行時，只見那壁廂：

一天瑞靄光搖曳，五色祥雲飛不絕。白鶴聲鳴振九皋，紫芝色秀分千葉。中間現出一尊仙，相貌天然丰采別。神舞虹霓幌漢霄，腰懸寶籙無生滅。名稱赤腳大羅仙，特赴蟠桃添壽節。

那赤腳大仙覿面㉛撞見大聖，大聖低頭定計，賺哄㉜真仙。他要暗去赴會，卻問：「老道何往？」大仙道：「蒙王母見招，去赴蟠桃嘉會。」大聖道：「老道不知。玉帝因老孫觔斗雲疾，著老孫五路邀請列位，先至通明殿下演禮㉝後，方去赴宴。」大仙是個光明正大之人，就以他的誑語作真。道：「常年就在瑤池演禮謝恩，如何先去通明殿演禮，方去瑤池赴會？」無奈，只得撥轉祥雲，徑往通明殿去了。

大聖駕著雲，念聲咒語，搖身一變，就變做赤腳大仙模樣，前奔瑤池。不多時，直至寶閣，按住雲頭，輕輕移步，走入裡面。只見那裡：

瓊香繚繞，瑞靄繽紛，瑤臺鋪彩結，寶閣散氤氳㉞。鳳翥鸞騰形縹緲，金花玉萼影浮沉。上排著九鳳丹霞扆㉟，八寶紫霓墩。五綵描金桌，千花碧玉盆。桌上有龍肝和鳳髓，熊掌與猩唇。珍饈百味般般美，異果嘉殽色色新。

那裡鋪設得齊齊整整，卻還未有仙來。這大聖點看不盡，忽聞得一陣酒香撲鼻；忽轉頭，見右壁廂長廊之下，有幾個造酒的仙官，盤糟的力士，領幾個運水的道人，燒火的童子，在那裡洗缸刷甕㊱，已造成了玉液瓊漿，香醪㊲佳釀。大聖止不住口角流涎，就要去喫，奈何那些人都在這裡。他就弄個神通，把毫毛拔下幾根，丟入口中嚼碎，噴將出去，念聲咒語，叫「變！」即變做幾個瞌睡蟲，奔在眾人臉上。你看那夥人，手軟頭低，閉眉合眼，丟了執事，都去盹睡。大聖卻拿了些百味珍饈，佳殽異品，走入長廊裡面，就著缸，挨著甕，放開量，痛飲一番。喫勾㊳了多時，酕醄㊴醉了。自揣自摸㊵道：「不好！不好！再過會，請的客來，卻不怪我？一時拿住，怎生是好？不如早回府中睡去也。」

好大聖，搖搖擺擺，仗著酒，任情亂撞，一會把路差了；不是齊天府，卻是兜率天宮㊶。一見了，頓然醒悟道：「兜率宮是三十三天之上，乃離恨天太上老君㊷之處，如何錯到此間？——也罷！也罷！一向要來望此老，不曾得來，今趁此殘步㊸，就望他一望也好。」即整衣撞進去。那裡不見老君，四無人跡。原來那老君與燃燈古佛㊹在三層高閣朱陵丹臺上講道，眾仙童、仙將、仙官、仙吏，都侍立左右聽講。這大聖直至丹房裡面，尋訪不遇，但見丹竈之旁，爐中有火。爐左右安放著五個葫蘆，葫蘆裡都是煉就的金丹。大聖喜道：「此物乃仙家之至寶。老孫自了道以來，識破了內外相同之理，也要煉些金丹濟人，不期到家無暇；今日有緣，卻又撞著此物，趁老子不在，等我喫他幾丸嘗新。」他就把那葫蘆都傾出來，就都喫了，如喫炒豆相似。

一時間丹滿酒醒。又自己揣度㊺道：「不好！不好！這場禍，比天還大；若驚動玉帝，性命難存。走！走！走！不如下界為王去也！」他就跑出兜率宮，不行舊路，從西天門，使個隱身法逃去。即按雲頭，回至花果山界。但見那旌旗閃灼，戈戟光輝，原來是四健將與七十二洞妖王，在那裡演習武藝。大聖高叫道：「小的們！我來也！」眾怪丟了器械，跪倒道：「大聖好寬心！丟下我等許久，不來相顧！」大聖道：「沒多時！沒多時！」且說且行，徑入洞天深處。四健將打掃安歇，叩頭禮拜畢。俱道：「大聖在天這百十年，實受何職？」大聖笑道：「我記得纔半年光景，怎麼就說百十年話？」健將道：「在天一日，即在下方一年也。」大聖道：「且喜這番玉帝相愛，果封做『齊天大聖』，起一座齊天府，又設安靜、寧神二司，司設仙吏侍衛。向後㊻見我無事，著我看管蟠桃園。近因王母娘娘設『蟠桃大會』，未曾請我，是我不待他請，先赴瑤池，把他那仙品、仙酒，都是我偷喫了。走出瑤池，踉踉蹡蹡㊼悞入老君宮闕，又把他五個葫蘆金丹也偷喫了。但恐玉帝見罪，方纔走出天門來也。」

眾怪聞言大喜，即安排酒果接風，將椰酒滿斟一石碗奉上。大聖喝了一口，即咨牙俫嘴㊽道：「不好喫！不好喫！」崩、巴二將道：「大聖在天宮，喫了仙酒、仙殽，是以椰酒不甚美口。常言道：『美不美，鄉中水。』」大聖道：「你們就是『親不親，故鄉人。』我今早在瑤池中受用時，見那長廊之下，有許多瓶罐，都是那玉液瓊漿。你們都不曾嘗著。待我再去偷他幾瓶回來，你們各飲半杯，一個個也長生不老。」眾猴歡喜不勝。大聖即出洞門，又番一觔斗，使個隱身法，徑至蟠桃會上。進瑤池宮闕，只見那幾個造酒、盤糟、運水、燒火的，還鼾睡未醒。他將大的從左右脅下挾了兩個，兩手提了兩個，即撥轉雲頭回來，會眾猴在於洞中，就做個「仙酒會」，各飲了幾杯，快樂不題。

作者

吳承恩，生年不詳，卒於明神宗萬曆十年（？——西元一五八二年）。字汝忠，號射陽山人，淮安（今江蘇淮安）人。曾祖父和祖父雖然做過小官，但父親吳銳卻是個小商人，家境十分貧困。吳承恩少年時頗有文名，據《淮安府志》說他「性敏而多慧，博極群書，為詩文下筆立成」。還說他「復善諧劇，所著雜記幾種，名震一時」。但是，吳承恩在仕途上很不得志，科舉場中，屢試不第，直到三十多歲才補上一個「歲貢生」。因母老家貧，生計艱難，出任長興縣丞。由於性格倔強，不喜趨奉逢迎，所以在任不過一、二年，便棄官歸里。晚年致力於詩文的寫作，《西遊記》大概就是在這一時期寫成的。

題解

本篇節選自《西遊記》第五回「亂蟠桃大聖偷丹　反天宮諸神捉怪」，版本據中華書局排印本，現有標題為編者所加。《西遊記》是一部優秀的長篇神怪小說，內容主要寫孫悟空保護唐僧去西天取經的故事。孫悟空是《西遊記》的主人公，也是作者濃墨重彩、精心塑造的一個藝術形象。本篇記述孫悟空大鬧天宮的事，是全書故事的開端部分。其主要作用是介紹取經者孫悟空的由來，為其後取經的事埋下伏筆。

注釋

① 品從：指古代官吏的正品與從品，常泛指官吏的品級。
② 註名：在官冊上註上自己的名字。
③ 牽縈：讓心裡牽掛和煩亂的事。縈 漢 yíng 國 一ㄥˊ 音營。
④ 三清：道教崇奉的三尊神，即玉清元始天尊（天寶君）、上清靈寶天尊（太上道君）及太清道德天尊（太上老君）。
⑤ 四帝：一稱「四御」，道教尊奉的天神，即昊天金闕至尊玉皇大帝、中天紫微北極大帝、勾陳上宮天皇大帝及承天效法土皇帝祇。
⑥ 九曜星：指日、月、火、水、木、金、土、羅睺及計都。
⑦ 二十八宿：古天文學將周天恆星分為二十八個星座，稱二十八宿，包括東南西北四方各七宿，道教中又指天上的二十八個神將。
⑧ 四大天王：佛教中諸天之主帝釋的護將，即東方的持國天王多羅吒、南方的增長天王毗琉璃、西方的廣目天王毗留博叉及北方的多聞天王毗沙門。四大天王住在須彌山，各護一方。
⑨ 五方五老：指道教中的東華帝君、丹靈、黃老、皓靈及玄老。
⑩ 河漢：即天河、銀河。
⑪ 頫顖：指磕頭。頫顖 漢 fǔ xìn 國 ㄈㄨˇ ㄒㄧㄣˋ 音俯信。
⑫ 執事：執掌、管理的事件。
⑬ 權管：暫行代管。

⑭ 查勘：審查驗看。勘（漢）kān（國）ㄎㄢˋ 音瞰。

⑮ 土地：指一方土地上的神靈，即土地神。

⑯ 點差：自上派下的差使或專差。

⑰ 夭夭灼灼：形容桃樹花木之鮮豔顏色，見《詩・周南・桃夭》：「桃之夭夭，灼灼其華。」夭（漢）yāo（國）ㄧㄠ 音腰。

⑱ 酡顏：酒後臉色漲紅。酡（漢）tuó（國）ㄊㄨㄛˊ 音駝。

⑲ 玄都凡俗種：玄都，指唐代長安的玄都觀，內種桃花。凡俗種，指凡間的普通桃樹。

⑳ 瑤池王母：神話中的仙女。《漢武帝內傳》載有王母賜漢武帝蟠桃的情節。

㉑ 紫紋緗核：表皮是紫色的紋理，淺黃色的內核。

㉒ 同庚：即同年。

㉓ 無任：即不勝。

㉔ 少憩：稍稍休息。憩（漢）qì（國）ㄑㄧˋ 音器。

㉕ 建會：猶言預備宴會。

㉖ 懿旨：古用以稱皇后、皇太后、皇妃、公主等的命令。懿（漢）yì（國）ㄧˋ 音意。

㉗ 回嗔作喜：不再發怒，恢復歡容。嗔（漢）chēn（國）ㄔㄣ 音琛。

㉘ 羅漢：梵文「阿羅漢」的簡稱。指小乘佛教修行的最高果位。

㉙ 幽冥教主：即地藏王菩薩。

㉚ 睖睖睜睜：指眼睛發呆的樣子。睖（漢）lèng（國）ㄌㄥˋ 音愣。睜（漢）zhēng（國）ㄓㄥ 音爭。

㉛ 覿面：迎面。覿（漢）dí（國）ㄉㄧˊ 音敵。

㉜ 賺哄：即哄騙。

㉝ 演禮：即演習禮儀。

㉞氤氳：指煙霧彌漫。

㉟扆：帝王宮殿內，置於門窗之前，有斧形圖案的屏風。扆(漢) yǐ (國) ㄧˇ 音倚。

㊱甕：一種盛水、酒等的陶器。甕(漢) wèng (國) ㄨㄥˋ 音罋。

㊲香醪：指發酵後未經過濾的酒釀，此處泛指美酒。醪(漢) láo (國) ㄌㄠˊ 音牢。

㊳勾：同夠。

㊴酕醄：大醉的樣子。酕醄(漢) máo táo (國) ㄇㄠˊ ㄊㄠˊ 音毛陶。

㊵自揣自摸：自己揣摸著。揣(漢) chuǎi (國) ㄔㄨㄞˇ 音踹上聲。

㊶兜率天宮：道教中太上老君所居之地。

㊷離恨天太上老君：離恨天，傳說中三十三天中最高的天。太上老君，道教奉先秦道家的老子為尊師，稱太上老君。

㊸殘步：順路經過某地。

㊹燃燈古佛：佛名，即「錠光佛」，譯自梵文「提和竭羅」。出生時，身邊一切光明如燈，故名。

㊺揣度：思量。度(漢) duò (國) ㄉㄨㄛˋ 音惰。

㊻向後：在後來。

㊼踉踉蹡蹡：步履不穩。踉(漢) liàng (國) ㄌㄧㄤˋ 音亮。蹡(漢) qiàng (國) ㄑㄧㄤˋ 音嗆。

㊽咨牙倈嘴：即呲牙咧嘴，嘴角微張不以為然的表情。倈(漢) lái (國) ㄌㄞˊ 音來。

警世通言·杜十娘怒沈百寶箱

馮夢龍

掃蕩殘胡立帝畿①，龍翔鳳舞勢崔嵬②；左環滄海天一帶，右擁太行山③萬圍。
戈戟九邊雄絕塞④，衣冠萬國仰垂衣⑤；太平人樂華胥世⑥，永永金甌⑦共日輝。

這首詩，單誇我朝⑧燕京建都之盛。說起燕都的形勢，北倚雄關，南壓區夏⑨，真乃金城天府⑩，萬年不拔之基。當先洪武爺掃蕩胡塵⑪，定鼎⑫金陵，是為南京。到永樂爺從北平起兵靖難⑬，遷於燕都，是為北京。只因這一遷，把個苦寒地面，變作花錦世界。自永樂爺九傳至於萬曆⑭爺，此乃我朝第十一代的天子。這位天子，聰明神武，德福兼全，十歲登基，在位四十八年，削平了三處寇亂。那三處？

日本關白平秀吉⑮、西夏哱承恩⑯、播州楊應龍⑰。平秀吉侵犯朝鮮，哱承恩、楊應龍是土官謀叛，先後削平。遠夷莫不畏服，爭來朝貢。真個是：

一人有慶民安樂，四海無虞⑱國太平。

話中⑲單表萬曆二十年間，日本國關白作亂，侵犯朝鮮。朝鮮國王上表告急，天朝發兵泛海往救。有戶部⑳官奏准：目今兵興之際，糧餉未充，暫開納粟入監㉑之例。原來納粟入監的，有幾般便宜：好㉒讀書，好科舉，好中㉓，結末來又有個小小前程結果㉔。以此宦家公子，富室子弟，到不願做秀才，都去援例做太學生㉕。自開了這例，兩京㉖太學生，各添至千人之外。內中有一人，姓李名甲，字干先，浙江紹興府人氏。父親李布政㉗所生三兒，惟甲居長。自幼讀書在庠㉘，未得登科㉙，援例入於北雍㉚。因在京坐監㉛，與同鄉柳遇春監生同遊教坊司院內㉜，與一個名姬相遇。那名姬姓杜名媺，排行第十，院中都稱為杜十娘，生得：

渾身雅豔，遍體嬌香，兩彎眉畫遠山青，一對眼明秋水潤。臉如蓮萼，分明卓氏文君33，唇似櫻桃，何減白家樊素34。可憐一片無瑕玉，誤落風塵花柳中35。

那杜十娘自十三歲破瓜36，今一十九歲，七年之內，不知歷過了多少公子王孫，一個個情迷意蕩，破家蕩產而不惜。院中傳出四句口號37來，道是：

坐中若有杜十娘，斗筲38之量飲千觴；院中若識杜老孅，千家粉面都如鬼。

卻說李公子，風流年少，未逢美色，自遇了杜十娘，喜出望外，把花柳情懷，一擔兒挑在他身上。那公子俊俏龐兒，溫存性兒，又是撒漫39的手兒，幫襯40的勤兒，與十娘一雙兩好，情投意合。十娘因見鴇兒41貪財無義，久有從良42之志；又見李公子忠厚志誠，甚有心向他。奈李公子懼怕老爺，不敢應承。雖則如此，兩下情好愈密，朝歡暮樂，終日相守，如夫婦一般，海誓山盟，各無他志。真個：

恩深似海恩無底，義重如山義更高。

再說杜媽媽女兒，被李公子占住，別的富家巨室，聞名上門，求一見而不可得。初時李公子撒漫用錢，大差大使，媽媽脅肩諂笑㊸，奉承不暇。日往月來，不覺一年有餘，李公子囊篋㊹漸漸空虛，手不應心，媽媽也就怠慢了。老布政在家聞知兒子闞㊺院，幾遍寫字來喚他回去。他迷戀十娘顏色，終日延捱。後來聞知老爺在家發怒，越不敢回。古人云：「以利相交者，利盡而疏。」那杜十娘與李公子真情相好，見他手頭㊻愈短，心頭愈熱。媽媽也幾遍教女兒打發李甲出院，見女兒不統口㊼，又幾遍將言語觸突㊽李公子，要激怒他起身。公子性本溫克㊾，詞氣愈和，媽媽沒奈何，日逐㊿只將十娘叱罵道：「我們行戶(51)人家，喫客穿客，前門送舊，後門迎新，門庭鬧如火，錢帛堆成垛。自從那李甲在此，混帳(52)一年有餘，莫說新客，連舊主顧都斷了，分明接了個鍾馗老(53)，連小鬼也沒得上門。弄得老娘一家人家，有氣無煙，成甚麼模樣！」杜十娘被罵，耐性不住，便回答道：「那李公子不是空手上門的，也曾費過大錢來。」媽媽道：「彼一時，此一時，你只教他今日費些小錢兒，把與老娘辦些柴米，養你兩口也好。別人家養的女兒便是搖錢樹[54]，千生萬活，偏我家晦氣，養了個退財白虎[55]，開了大門，七件事[56]般般都在老身心上。到替你這小賤人白白養著窮漢，教我衣食從何處來？你對那窮漢說：有本事出幾兩銀子與我，到得你跟了他去，我別討個丫頭過活卻不好？」十娘道：「媽媽，這話是真是假？」媽媽曉得李甲囊無一錢，衣衫都典盡了，料他沒處設法。便應道：「老娘從不說謊，當真哩。」十娘道：「娘，你要他許多銀子？」媽媽道：「若是別人，千把銀子也討了，可憐那窮漢出不起，只要他三百兩，我自去討一個粉頭[57]代替。只一件，須是三日內交付與我。左手交銀，右手交人。若三日沒有銀時，老身也不管三七二十一，公子不公子，一頓孤拐[58]，打那光棍出去。那時莫怪老身！」十娘道：「公子雖在客邊乏鈔[59]，諒三百金還措辦得來。只是三日忒近，限他十日便好。」媽媽想道：「這窮漢一雙赤手，便限他一百日，他那裡來銀子。沒有銀子，便鐵皮包臉，料也無顏上門。那時重整家風，孅兒也沒得話講。」答應道：「看你面，便寬到十日。第十日沒有銀子，不干老娘之事。」十娘道：「若十日內無銀，料他也無顏再見了。只怕有了三百兩銀子，媽媽又翻悔起來。」媽媽道：「老身年五十一歲了，又奉十齋⑥⁰，怎敢說謊？不信時與你拍掌為定。若翻悔時，做豬做狗。」

從來海水斗難量，可笑虔婆⑥¹意不良；料定窮儒囊底竭，故將財禮難嬌娘⑥²。

是夜，十娘與公子在枕邊，議及終身之事。公子道：「我非無此心。但教坊落籍⑥³，其費甚多，非千金不可。我囊空如洗，如之奈何！」十娘道：「妾已與媽媽議定只要三百金，但須十日內措辦。郎君遊資雖罄⑥⁴，然都中豈無親友，可以借貸。倘得如數，妾身遂為君之所有，省受虔婆之氣。」公子道：「親友中為我留戀行院⑥⁵，都不相顧。明日只做束裝起身，各家知辭，就開口假貸路費，湊聚將來，或可滿得此數。」起身梳洗，別了十娘出門。十娘道：「用心作速，專聽佳音。」公子道：「不須分付。」公子出了院門，來到三親四友處，假說起身告別，眾人到也歡喜。後來敘到路費欠缺，意欲借貸。常言道：「說著錢，便無緣。」親友們就不招架。他們也見得是，道李公子是風流浪子，迷戀煙花，年許不歸，父親都為他氣壞在家。他今日抖然要回，未知真假。倘或說騙盤纏到手，又去還脂粉錢，父親知道，將好意翻成惡意，始終只是一怪，不如辭了乾淨。便回道：「目今正值空乏，不能相濟，慚愧！慚愧！」人人如此，個個皆然，並沒有個慷慨丈夫，肯統口許他一十二十兩。李公子一連奔走了三日，分毫無獲，又不敢回決十娘，權且含糊答應。到第四日又沒想頭，就羞回院中。平日間有了杜家，連下處也沒有了，今日就無處投宿。只得往同鄉柳監生寓所借歇。柳遇春見公子愁容可掬，問其來歷。公子將杜十娘願嫁之情，備細說了。遇春搖首道：「未必，未必。那杜熾曲中⑯第一名姬，要從良時，怕沒有十斛明珠，千金聘禮。那鴇兒如何只要三百兩？

想鴇兒怪你無錢使用，白白占住他的女兒，設計打發你出門。那婦人與你相處已久，又礙卻面皮，不好明言。明知你手內空虛，故意將三百兩賣個人情，限你十日。若十日沒有，你也不好上門。便上門時，他會說你笑你，落得一場褻瀆⑰，自然安身不牢，此乃煙花逐客之計。足下三思，休被其惑。據弟愚意，不如早早開交⑱為上。」公子聽說，半晌無言，心中疑惑不定。遇春又道：「足下莫要錯了主意。你若真個還鄉，不多幾兩盤費，還有人搭救。若是要三百兩時，莫說十日，就是十個月也難。如今的世情，那肯顧緩急⑲二字的。那煙花也算定你沒處告債，故意設法難你。」公子道：「仁兄所見良是。」口裡雖如此說，心中割捨不下。依舊又往外邊東央西告，只是夜裡不進院門了。公子在柳監生寓中，一連住了三日，共是六日了。杜十娘連日不見公子進院，十分著緊，就教小廝四兒街上去尋。四兒尋到大街，恰好遇見公子。四兒叫道：「李姐夫，娘在家裡望你。」公子自覺無顏，回復道：「今日不得功夫，明日來罷。」四兒奉了十娘之命，一把扯住，死也不放。道：「娘叫咱⑳尋你。是必同去走一遭。」李公子心上也牽掛著婊子[71]，沒奈何，只得隨四兒進院。見了十娘，嘿[72]嘿無言。十娘問道：「所謀之事如何？」公子眼中流下淚來。十娘道：「莫非人情淡薄，不能足三百之數麼？」公子含淚而言，道出二句：

「『不信上山擒虎易，果然開口告人難。』」

一連奔走六日，並無銖兩，一雙空手，羞見芳卿[73]，故此這幾日不敢進院。今日承命呼喚，忍恥而來，非某不用心，實是世情如此。」十娘道：「此言休使虔婆知道。郎君今夜且住，妾別有商議。」十娘自備酒肴，與公子懽飲。睡至半夜，十娘對公子道：「郎君果不能辦一錢耶？妾終身之事，當如何也？」公子只是流涕，不能答一語。漸漸五更天曉。十娘道：「妾所臥絮褥內藏有碎銀一百五十兩，此妾私蓄，郎君可持去。三百金，妾任其半，郎君亦謀其半，庶易為力[74]。限只四日，萬勿遲誤。」十娘起身將褥付公子，公子驚喜過望。喚童兒持褥而去。逕到柳遇春寓中，又把夜來之情與遇春說了。將褥拆開看時，絮中都裹著零碎銀子，取出兌時果是一百五十兩。遇春大驚道：「此婦真有心人也。既係真情，不可相負。吾當代為足下謀之。」公子道：「倘得玉成，決不有負。」當下柳遇春留李公子在寓，自出頭各處去借貸。兩日之內，湊足一百五十兩交付公子道：「吾代為足下告債，非為足下，實憐杜十娘之情也。」李甲拿了三百兩銀子，喜從天降，笑逐顏開，欣欣然來見十娘，剛是第九日，還不足十日。十娘問道：「前日分毫難借，今日如何就有一百五十兩？」公子將柳監生事情，又述了一遍。十娘以手加額㊆道：「使吾二人得遂其願者，柳君之力也。」兩個歡天喜地，又在院中過了一晚。次日十娘早起，對李甲道：「此銀一交，便當隨郎君去矣。舟車之類，合當預備。妾昨日於姊妹中借得白銀二十兩，郎君可收下為行資也。」公子正愁路費無出，但不敢開口，得銀甚喜。說猶未了，鴇兒恰來敲門叫道：「孍兒，今日是第十日了。」公子聞叫，啟戶相延道：「承媽媽厚意，正欲相請。」便將銀三百兩放在桌上。鴇兒不料公子有銀，嘿然變色，似有悔意。十娘道：「兒在媽媽家中八年，所致金帛，不下數千金矣。今日從良美事，又媽媽親口所訂，三百金不欠分毫，又不曾過期。倘若媽媽失信不許，郎君持銀去，兒即刻自盡。恐那時人財兩失，悔之無及也。」鴇兒無詞以對。腹內籌畫⑯了半晌，只得取天平兌准了銀子，說道：「事已如此，料留你不住了。只是你要去時，即今就去。平時穿戴衣飾之類，毫釐休想。」說罷，將公子和十娘推出房門，討鎖來就落了鎖。此時九月天氣。十娘纔下床，尚未梳洗，隨身舊衣，就拜了媽媽兩拜。李公子也作了一揖。一夫一婦，離了虔婆大門。

鯉魚脫卻金鉤去，擺尾搖頭再不來。

公子教十娘且住片時：「我去喚個小轎抬你，權往柳榮卿寓所去，再作道理。」十娘道：「院中諸姊妹平昔相厚，理宜話別。況前日又承他借貸路費，不可不一謝也。」乃同公子到各姊妹處謝別。姊妹中惟謝月朗徐素素與杜家相近，尤與十娘親厚。十娘先到謝月朗家。月朗見十娘禿髻⑰舊衫，驚問其故。十娘備述來因。又引李甲相見。十娘指月朗道：「前日路資，是此位姐姐所貸，郎君可致謝。」李甲連連作揖。月朗便教十娘梳洗，一面去請徐素素來家相會。十娘梳洗已畢，謝徐二美人各出所有，翠鈿金釧⑱，瑤簪寶珥⑲，錦袖花裙，鸞帶繡履，把杜十娘裝扮得煥然一新，備酒作慶賀筵席。月朗讓臥房與李甲杜媺二人過宿。次日，又大排筵席，遍請院中姊妹。凡十娘相厚者，無不畢集。都與他夫婦把盞稱喜。吹彈歌舞，各逞其長，務要盡歡，直飲至夜分。十娘向眾姊妹，一一稱謝，眾姊妹道：「十姊為風流領袖，今從郎君去，我等相見無日。何日長行⑳，姊妹們尚當奉送。」月朗道：「候有定期，小妹當來相報。但阿姊千里間關㉑，同郎君遠去，囊篋蕭條，曾無約束㉒，此乃吾等之事。當相與共謀之，勿令姊有窮途之慮也。」眾姊妹各唯唯㉓而散。是晚，公子和十娘仍宿謝家。至五鼓，十娘對公子道：「吾等此去，何處安身？郎君亦曾計議有定著㉔否？」公子道：「老父盛怒之下，若知娶妓而歸，必然加以不堪，反致相累。展轉尋思，尚未有萬全之策。」十娘道：「父子天性，豈能終絕。既然倉卒難犯㉕，不若與郎君於蘇杭勝地，權作浮居㉖。郎君先回，求親友於尊大人面前勸解和順，然後攜妾于歸⑻，彼此安妥。」公子道：「此言甚當。」次日，二人起身辭了謝月朗，暫往柳監生寓中，整頓行裝。杜十娘見了柳遇春，倒身下拜，謝其周全之德：「異日我夫婦必當重報。」遇春慌忙答禮道：「十娘鍾情所歡，不以貧窶⑻易心，此乃女中豪傑。僕因風吹火⑻，諒區區何足掛齒！」三人又飲了一日酒。次早，擇了出行吉日，僱倩⑼轎馬停當。十娘又遣童兒寄信，別謝月朗。臨行之際，只見肩輿⑼紛紛而至，乃謝月朗與徐素素拉眾姊妹來送行。月朗道：「十姊從郎君千里間關，囊中消索⑼，吾等甚不能忘情。今合具薄贐⑼，十姊可檢收，或長途空乏，亦可少助。」說罷，命從人挈一描金文具⑼至前，封鎖甚固，正不知甚麼東西在裡面。十娘也不開看，也不推辭，但殷勤作謝而已。須臾，輿馬齊集，僕夫催促起身。柳監生三盃別酒，和眾美人送出崇文門外，各各垂淚而別。正是：

他日重逢難預必⑼，此時分手最堪憐。

再說李公子同杜十娘行至潞河，舍陸從舟，卻好有瓜洲差使船⑯轉回之便，講定船錢，包了艙口。比及下船時，李公子囊中並無分文餘剩。你道杜十娘把二十兩銀子與公子，如何就沒了?公子在院中闞得衣衫藍縷⑰，銀子到手，未免在解庫⑱中取贖幾件穿著，又製辦了鋪蓋，剩來只勾⑲轎馬之費。公子正當愁悶，十娘道：「郎君勿憂，眾姊妹合贈，必有所濟。」乃取鑰開箱。公子在傍自覺慚愧，也不敢窺覷箱中虛實。只見十娘在箱裡取出一個紅絹袋來，擲於桌上道：「郎君可開看之。」公子提在手中，覺得沈重。啟而觀之，皆是白銀，計數整五十兩。十娘仍將箱子下鎖，亦不言箱中更有何物。但對公子道：「承眾姊妹高情，不惟途路不乏，即他日浮寓吳越間⑳，亦可稍佐吾夫妻山水之費矣㉑。」公子且驚且喜道：「若不遇恩卿，我李甲流落他鄉，死無葬身之地矣。此情此德，白頭不敢忘也。」自此每談及往事，公子必感激流涕。十娘亦曲意撫慰，一路無話。不一日，行至瓜洲，大船停泊岸口，公子別僱了民船，安放行李。約明日侵晨㉒，剪江㉓而渡。其時仲冬中旬，月明如水，公子和十娘坐於舟首。公子道：「自出都門，困守一艙之中，四顧有人，未得暢語。今日獨據一舟，更無避忌。且已離塞北，初近江南，宜開懷暢飲，以舒向來抑鬱之氣，恩卿以為何如？」十娘道：「妾久疏談笑，亦有此心，郎君言及，足見同志耳。」公子乃攜酒具於船首，與十娘鋪氈而坐，傳盃交盞。飲至半酣，公子執巵⑩④對十娘道：「恩卿妙音，六院⑩⑤首推。某相遇之初，每聞絕調⑩⑥，輒不禁神魂之飛動。心事多違，彼此鬱鬱，鸞鳴鳳奏，久矣不聞。今清江明月，深夜無人，肯為我一歌否？」十娘興亦勃發，遂開喉頓嗓，取扇按拍，嗚嗚咽咽，歌出元人施君美《拜月亭》⑩⑦雜劇上〈狀元執盞與嬋娟〉一曲，名小桃紅。真個：

聲飛霄漢雲皆駐，響入深泉魚出遊。

卻說他舟有一少年，姓孫名富字善賚，徽州新安人氏。家資巨萬，積祖揚州種鹽⑩⑧。年方二十，也是南雍⑩⑨中朋友。生性風流，慣向青樓⑪⓪買笑，紅粉追歡，若嘲風弄月⑪①，到是個輕薄的頭兒。事有偶然，其夜亦泊舟瓜洲渡口，獨酌無聊。忽聽得歌聲嘹喨，鳳吟鸞吹，不足喻其美。起立船頭，佇⑫聽半晌，方知聲出鄰舟。正欲相訪，音響倏⑬已寂然。乃遣僕者潛窺蹤跡，訪於舟人。但曉得是李相公僱的船，並不知歌者來歷。孫富想道：「此歌者必非良家，怎生得他一見？」展轉尋思，通宵不寐。捱至五更，忽聞江風大作。及曉，彤雲密布，狂雪飛舞。怎見得，有詩為證：

千山雲樹滅，萬徑人蹤絕；扁舟蓑笠翁⑭，獨釣寒江雪。

因這風雪阻渡，舟不得開。孫富命艄公移船，泊於李家舟之傍，孫富貂帽狐裘，推窗假作看雪。值十娘梳洗方畢，纖纖玉手，揭起舟傍短簾，自潑盂中殘水，粉容微露，卻被孫富窺見了，果是國色天香。魂搖心蕩，迎眸注目，等候再見一面，杳不可得。沈思久之，乃倚窗高吟高學士⑮梅花詩二句，道：

雪滿山中高士臥，月明林下美人來。

李甲聽得鄰舟吟詩，舒頭出艙，看是何人。只因這一看，正中了孫富之計。孫富吟詩，正要引李公子出頭，他好乘機攀話。當下慌忙舉手，就問：「老兄尊姓何諱？」李公子敘了姓名鄉貫，少不得也問那孫富。孫富也敘過了。又敘了些太學中的閒話，漸漸親熱。孫富便道：「風雪阻舟，乃天遣與尊兄相會，實小弟之幸也。舟次無聊。欲同尊兄上岸，就酒肆中一酌，少領清誨[116]，萬望不拒。」公子道：「萍水相逢，何當厚擾？」孫富道：「說那裡話！『四海之內，皆兄弟也』。」喝教艄公打跳[117]，童兒張傘，迎接公子過船，就於船頭作揖。然後讓公子先行，自己隨後，各各登跳上涯。行不數步，就有個酒樓，二人上樓，揀一副潔淨座頭，靠窗而坐。酒保列上酒肴。孫富舉杯相勸，二人賞雪飲酒。先說些斯文中套話，漸漸引入花柳之事。二人都是過來之人，志同道合，說得入港[118]，一發成相知了。孫富屏去左右，低低問道：「昨夜尊舟清歌者，何人也？」李甲正要賣弄在行，遂實說道：「此乃北京名姬杜十娘也。」孫富道：「既係曲中姊妹，何以歸兄？」公子遂將初遇杜十娘，如何相好，後來如何要嫁，如何借銀討他，始末根由，備細述了一遍。孫富道：「兄攜麗人而歸，固是快事，但不知尊府中能相容否？」公子道：「賤室不足慮。所慮者，老父性嚴，尚費躊躇[119]耳！」孫富將機就機，便問道：「既是尊大人未必相容，兄所攜麗人，何處安頓？亦曾通知麗人，共作計較否？」公子攢眉[120]而答道：「此事曾與小妾議之。」孫富欣然問道：「尊寵[121]必有妙策。」公子道：「他意欲僑居蘇杭，流連山水。使小弟先回，求親友宛轉於家君之前。俟家君回嗔作喜[122]，然後圖歸，高明以為何如？」孫富沈吟半晌，故作愀然[123]之色，道：「小弟乍會之間，交淺言深，誠恐見怪。」公子道：「正賴高明指教，何必謙遜？」孫富道：「尊大人位居方面[124]，必嚴帷薄之嫌[125]，平時既怪兄遊非禮之地，今日豈容兄娶不節之人。況且賢親貴友，誰不迎合尊大人之意者？兄枉去求他，必然相拒。就有個不識時務的進言於尊大人之前，見尊大人意思不允，他就轉口了。兄進不能和睦家庭，退無詞以回復尊龍。即使留連山水，亦非長久之計。萬一資斧[126]困竭，豈不進退兩難！」公子自知手中只有五十金，此時費去大半，說到資斧困竭，進退兩難，不覺點頭道是。孫富又道：「小弟還有句心腹之談，兄肯俯聽否？」公子道：「承兄過愛，更求盡言。」孫富道：「疏不間親，還是莫說罷。」公子道：「但說何妨。」孫富道：「自古道：『婦人水性⑫⁷無常。』況煙花之輩，少真多假。他既係六院名姝，相識定滿天下；或者南邊原有舊約，借兄之力，挈帶而來，以為他適之地。」公子道：「這個恐未必然。」孫富道：「即不然，江南子弟，最工輕薄，兄留麗人獨居，難保無踰牆鑽穴之事⑫⁸。若挈之同歸，愈增尊大人之怒。為兄之計，未有善策。況父子天倫，必不可絕。若為妾而觸父，因妓而棄家，海內必以兄為浮浪不經之人。異日妻不以為夫，弟不以為兄，同袍⑫⁹不以為友，兄何以立於天地之間？兄今日不可不熟思也！」公子聞言，茫然自失，移席問計：「據高明之見，何以教我？」孫富道：「僕⑬⁰有一計，於兄甚便。只恐兄溺枕席之愛，未必能行，使僕空費詞說耳！」公子道：「兄誠有良策，使弟再睹家園之樂，乃弟之恩人也。又何憚而不言耶？」孫富道：「兄飄零歲餘，嚴親懷怒，閨閣⑬¹離心，設身以處兄之地，誠寢食不安之時也。然尊大人所以怒兄者，不過為迷花戀柳，揮金如土，異日必為棄家蕩產之人，不堪承繼家業耳！兄今日空手而歸，正觸其怒。兄倘能割衽席⑬²之愛，見機而作，僕願以千金相贈。兄得千金，以報尊大人，只說在京授館⑬³，並不曾浪費分毫，尊大人必然相信。從此家庭和睦，當無間言。須臾之間，轉禍為福。兄請三思，僕非貪麗人之色，實為兄效忠於萬一也！」李甲原是沒主意的人，本心懼怕老子，被孫富一席話，說透胸中之疑，起身作揖道：「聞兄大教，頓開茅塞⑬⁴。但小妾千里相從，義難頓絕，容歸與商之。得其心肯，當奉復耳。」孫富道：「說話之間，宜放婉曲。彼既忠心為兄，必不忍使兄父子分離，定然玉成⑬⁵兄還鄉之事矣。」二人飲了一回酒，風停雪止，天色已晚。孫富教家僮算還了酒錢，與公子攜手下船。正是：

逢人且說三分話，未可全拋一片心。

卻說杜十娘在舟中，擺設酒果，欲與公子小酌，竟日未回，挑燈以待。公子下船，十娘起迎。見公子顏色匆匆，似有不樂之意，乃滿斟熱酒勸之。公子搖首不飲。一言不發，竟自床上睡了。十娘心中不悅。乃收拾杯盤，為公子解衣就枕，問道：「今日有何見聞，而懷抱鬱鬱如此？」公子嘆息而已，終不啟口。問了三四次，公子已睡去了。十娘委決不下⑬⑥，坐於床頭而不能寐。到夜半，公子醒來，又嘆一口氣。十娘道：「郎君有何難言之事，頻頻嘆息？」公子擁被而起，欲言不語者幾次，撲簌簌掉下淚來。十娘抱持公子於懷間，軟言撫慰道：「妾與郎君情好，已及二載，千辛萬苦，歷盡艱難，得有今日。然相從數千里，未曾哀戚。今將渡江，方圖百年歡笑，如何反起悲傷，必有其故。夫婦之間，死生相共，有事儘可商量，萬勿諱⑬⑦也。」公子再四被逼不過，只得含淚而言道：「僕天涯窮困，蒙恩卿不棄，委曲⑬⑧相從，誠乃莫大之德也。但反覆思之，老父位居方面，拘於禮法，況素性方嚴，恐添嗔怒，必加黜逐⑬⑨。你我流蕩，將何底止⑭⓪？夫婦之歡難保，父子之倫又絕。日間蒙新安孫友邀飲，為我籌及此事，寸心如割。」十娘大驚道：「郎君意將如何？」公子道：「僕事內之人，當局而迷。孫友為我畫一計頗善，但恐恩卿不從耳！」十娘道：「孫友者何人？計如果善，何不可從？」公子道：「孫友名富，新安鹽商，少年風流之士也。夜間聞子清歌，因而問及。僕告以來歷，並談及難歸之故，渠[141]意欲以千金聘汝。我得千金，可藉口以見吾父母；而恩卿亦得所天[142]。但情不能捨，是以悲泣。」說罷，淚如雨下。十娘放開兩手，冷笑一聲道：「為郎君畫此計者，此人乃大英雄也。郎君千金之資，既得恢復，而妾歸他姓，又不致為行李之累，發乎情，止乎禮，誠兩便之策也。那千金在那裡？」公子收淚道：「未得恩卿之諾，金尚留彼處，未曾過手。」十娘道：「明早快快應承了他，不可挫過機會。但千金重事，須得兌足交付郎君之手，妾始過舟，勿為賈豎子[143]所欺。」時已四鼓，十娘即起身挑燈梳洗道：「今日之妝，乃迎新送舊，非比尋常。」於是脂粉香澤，用意修飾，花鈿繡襖，極其華豔，香風拂拂，光采照人。裝束方完，天色已曉。孫富差家童到船頭候信。十娘微窺公子，欣欣似有喜色，乃催公子快去回話，及早兌足銀子。公子親到孫富船中，回復依允。孫富道：

「兌銀易事，須得麗人妝臺為信。」公子又回復了十娘，十娘即指描金文具道：「可便抬去。」孫富喜甚。即將白銀一千兩，送到公子船中。十娘親自檢看，足色⑭足數，分毫無爽⑮。乃手把船舷，以手招孫富。孫富一見，魂不附體。十娘啟朱唇，開皓齒道：「方纔箱子可暫發來，內有李郎路引⑯一紙，可檢還之也。」孫富視十娘已為甕中之鱉⑰，即命家童送那描金文具，安放船頭之上。十娘取鑰開鎖，內皆抽替⑱小箱。十娘叫公子抽第一層來看，只見翠羽明璫，瑤簪寶珥，充牣⑲於中，約值數百金。十娘遽投之江中。李甲與孫富及兩船之人，無不驚詫。又命公子再抽一箱，乃玉簫金管。又抽一箱，盡古玉紫金玩器，約值數千金。十娘盡投之於大江中。岸上之人，觀者如堵。齊聲道：「可惜可惜！」正不知甚麼緣故。最後又抽一箱，箱中復有一匣。開匣視之，夜明之珠，約有盈把。其他祖母綠⑳，貓兒眼㉑，諸般異寶，目所未睹，莫能定其價之多少，眾人齊聲喝采，喧聲如雷。十娘又欲投之於江。李甲不覺大悔，抱持十娘慟哭，那孫富也來勸解。十娘推開公子在一邊，向孫富罵道：「我與李郎備嘗艱苦，不是容易到此，汝以奸淫之意，巧為讒說[152]，一旦破人姻緣，斷人恩愛，乃我之仇人。我死而有知，必當訴之神明，尚妄想枕席之歡乎！」又對李甲道：「妾風塵數年，私有所積，本為終身之計。自遇郎君，山盟海誓，白首不渝[153]。前出都之際，假托眾姊妹相贈，箱中韞藏百寶，不下萬金。將潤色[154]郎君之裝，歸見父母，或憐妾有心，收佐中饋[155]，得終委托，生死無憾。誰知郎君相信不深，惑於浮議[156]，中道見棄，負妾一片真心。今日當眾目之前，開箱出視，使郎君知區區千金，未為難事。妾櫝中有玉，恨郎眼內無珠。命之不辰[157]，風塵困瘁[158]，甫得脫離，又遭棄捐，今眾人各有耳目，共作證明，妾不負郎君，郎君自負妾耳！」於是眾人聚觀者，無不流涕，都唾罵李公子負心薄倖。公子又羞又苦，且悔且泣，方欲向十娘謝罪。十娘抱持寶匣，向江心一跳。眾人急呼撈救。但見雲暗江心，波濤滾滾，杳無蹤影。可惜一個如花似玉的名姬，一旦葬於江魚之腹。

三魂渺渺歸水府，七魄悠悠入冥途。

當時旁觀之人，皆咬牙切齒，爭欲拳毆李甲和那孫富。慌得李孫二人，手足無措，急叫開船，分途遁去。李甲在舟中，看了千金，轉憶十娘，終日愧悔，鬱成狂疾，終身不痊。孫富自那日受驚，得病臥床月餘，終日見杜十娘在傍詬罵，奄奄而逝。人以為江中之報也。

卻說柳遇春在京坐監完滿，束裝回鄉，停舟瓜步。偶臨江淨臉，失墜銅盆於水，覓漁人打撈。及至撈起，乃是個小匣兒。遇春啟匣觀看，內皆明珠異寶，無價之珍。遇春厚賞漁人，留於床頭把玩。是夜夢見江中一女子，凌波而來，視之，乃杜十娘也。近前萬福，訴以李郎薄倖之事。又道：「向承君家慷慨，以一百五十金相助，本意息肩之後，徐圖報答。不意事無終始；然每懷盛情，悒悒⑲未忘。早間曾以小匣託漁人奉致，聊表寸心。從此不復相見矣。」言訖，猛然驚醒，方知十娘已死，嘆息累日。

後人評論此事，以為孫富謀奪美色，輕擲千金，固非良士；李甲不識杜十娘一片苦心，碌碌蠢才，無足道者。獨謂十娘千古女俠，豈不能覓一佳侶，共跨秦樓之鳳⑩，乃錯認李公子，明珠美玉，投於盲人，以致恩變為仇。萬種恩情，化為流水，深可惜也！有詩嘆云：

不會風流莫妄談，單單情字費人參⑯；若將情字能參透，喚作風流也不慚。

作者

馮夢龍，生於明神宗萬曆二年，卒於南明唐王隆武二年（西元一五七四年——西元一六四六年）。字猶龍，又字耳猶，號龍子猶、墨憨齋主人。江蘇吳縣（今江蘇蘇州）人。崇禎年間貢生，曾任丹徒縣訓導和壽寧縣知縣。一生致力於通俗文學的整理和撰述，曾增補《三遂平妖傳》、改寫《新列國志》及編輯民間歌曲集《山歌》和《掛枝兒》等，所編《警世通言》、《喻世明言》和《醒世恆言》（即「三言」）等短篇小說集，備受後世讀者欣賞。

題解

本篇選自《警世通言》第三十二卷，版本據人民文學出版社排印本。《警世通言》、

《喻世明言》與《醒世恆言》，合稱「三言」，各四十卷，是馮夢龍編纂的話本小說集。「三言」的內容很廣泛，多取材於民間傳說和古代的史事，對宋元以來的人民生活、工商發展、社會制度和風俗習慣，都有鮮明細緻的描述。

本篇寫明朝萬曆年間京城名妓杜十娘的故事，從主人翁的悲劇性遭遇，表達出當時女子追求戀愛自由和婚姻幸福的掙扎。文中表揚了忠於愛情的杜十娘與慷慨仗義的柳遇春，同時揭露了李甲的怯懦負情和孫富的陰險奸詐。故事以杜十娘怒沈百寶箱投江自盡作結，正是對寡情薄倖之徒的控訴。

注釋

① 掃蕩殘胡立帝畿：胡，古代對北方少數民族的稱呼，這裡指蒙古人。殘胡，指元朝的殘餘勢力。帝畿，皇帝所居京都及其附近的地方。畿㊂漢 jī ㊂國 ㄐㄧ 音基。

② 龍翔鳳舞勢崔嵬：龍翔鳳舞，形容山勢連綿起伏，好像龍飛鳳舞。崔嵬，形容山勢高峻。嵬㊂漢 wéi ㊂國 ㄨㄟˊ 音危。

③ 太行山：一名五行山。行山，起自河南省濟源縣，北入山西省境，若斷若續，隨地異名，主峰在晉城縣南。

④戈戟九邊雄絶塞：戈戟，戈和戟都是我國古代的兵器，這裡用以代指軍隊。九邊，明朝時在北方設置的九個邊防區，即遼東、薊州、宜州、大同、山西、延綏、寧夏、固原、甘肅等九鎮。絶塞，遥遠之極的邊塞。戟(漢)jǐ(國)ㄐㄧˇ音擠。

⑤衣冠萬國仰垂衣：垂衣，帝王垂衣拱手而坐的樣子。形容天下太平，四方諸侯都來朝拜明朝皇帝。

⑥華胥世：據《列子・黄帝》篇載，黄帝曾經夢遊無為而治的華胥國。這裡借指太平盛世。

⑦金甌：甌，盆盂一類的器皿。金甌，比喻國家完整鞏固。甌(漢)ōu(國)ㄡ音歐。

⑧我朝：指明朝。

⑨區夏：指黄河中、下游一帶的中原地區。

⑩金城天府：金城，是比喻城牆的堅固。天府，是指形勢險要，物産豐饒的地方。

⑪當先洪武爺掃蕩胡塵：洪武，是明太祖朱元璋的年號（西元一三六八年——西元一三九八年）。爺，明代百姓對皇帝的通俗稱呼。胡塵，這裡指元朝統治者掀起的戰亂。

⑫定鼎：建都。古代九鼎是傳國的重器，鼎的所在，就是國都所在，因此，稱定都為「定鼎」。

⑬到永樂爺從北平起兵靖難：永樂，明成祖朱棣的年號（西元一四〇三年——西元一四二四年）。靖難，平定禍患。明成祖朱棣初封燕王，後以清除朝廷中的奸臣為名，起兵與建文帝朱允炆爭奪帝位，史稱「靖難之變」。

⑭萬曆：明神宗朱翊鈞的年號（西元一五七三年——西元一六二〇年）。

⑮日本關白平秀吉：關白，日本古代最高級大臣的官職名，掌握軍政大權，地位相當於宰相。平秀吉，賜姓豐臣，在明代萬曆年間，他擔任日本關白，統治六十六州，治軍嚴明。萬曆二十年（西元一五九二年）四月，他發兵入侵朝鮮，明朝派兵援助朝鮮，未能取勝。直至平秀吉死，日人撤兵歸國，戰爭方告結束。事見《明史・日本傳》。

⑯西夏哱承恩：明朝時，西夏的位置相當於現在的寧夏。哱承恩，是哱拜的兒子，哱拜得罪於酋長之後

投降明王朝，屢立戰功，升為副總兵。哱承恩承襲父爵後尋釁叛亂，後被俘，處死。哱(漢) bō (國) ㄅㄛ 音剝。

⑰播州楊應龍：播州，即現在貴州遵義。萬曆年間，楊應龍襲播州宣慰使，起兵叛明，被總督李化龍打敗，楊應龍自焚身死。

⑱四海無虞：四海，指邊疆四鄰各族居住的地區。無虞，沒有憂慮。邊疆安定，各民族和睦，沒有戰亂和紛爭。

⑲話中：即話本中，話本是說話藝人所講故事的底本。話中是作者模擬說話人的口吻在敘述故事開頭時使用的習慣用語。

⑳户部：中央機構六部之一，掌管户籍、田賦等事。

㉑納粟入監：指納糧食或金錢，給政府以換取進入國子監讀書的機會，國子監是國家最高學府。

㉒好：這裡作容易解。

㉓中：指考試及格、被錄取。

㉔前程結果：指將來有出路，能做官。

㉕援例做太學生：援例，引用成例。太學生，監生。援(漢) yuán (國) ㄩㄢˊ 音袁。

㉖兩京：南京和北京。

㉗布政：官名。即布政使。明時分全國為十三個承宣布政司，相當於行省。每司設置布政使，為一省的行政長官。後改由巡撫主管省政，布政使降為巡撫屬下專管民政和財政的長官。

㉘在庠：庠，中國古代學校。在庠，這裡指在科舉時代的縣、府學校裡。庠(漢) xiáng (國) ㄒㄧㄤˊ 音詳。

㉙登科：參加科舉考試被錄取。

㉚北雍：古代稱太學（國子監）為雍。北雍，即北京的國子監。

㉛坐監：正式在國子監就學。

㉜ 與同鄉柳遇春監生同遊教坊司院內：監生，國子監生員的簡稱，即太學生。教坊司，古代教習音樂或舞蹈的機關，後來泛指妓院。

㉝ 卓氏文君：即卓文君。漢代臨邛（今四川邛崍）人，卓王孫的女兒。有文采，通音樂。文君新寡，巧遇司馬相如在卓家飲酒，司馬相如彈琴，文君感而私奔相如。

㉞ 白家樊素：唐代著名詩人白居易的歌妓。白居易曾用「櫻桃樊素口」來形容樊素。

㉟ 誤落風塵花柳中：風塵，此處指妓院。花柳，娼妓。

㊱ 破瓜：女子破身的意思。

㊲ 口號：即順口溜。

㊳ 斗筲：斗，量器。筲，竹器。兩者都是容量很小的容器，喻酒量小。筲 (漢) shāo (國) ㄕㄠ 音梢。

㊴ 撒漫：隨便花錢，揮霍浪費。

㊵ 幫襯：獻殷勤。亦有作「光顧」解。

㊶ 鴇兒：年老的妓女或妓母。這裡指妓母。

㊷ 從良：古代妓女隸屬於樂籍，被視為賤業，沒有人身自由。妓女脫離樂籍，嫁作良家妻妾稱為從良。

㊸ 脅肩諂笑：聳著肩膀裝出笑臉去奉承人。

㊹ 囊篋：囊，口袋。篋，小箱子。指腰包。篋 (漢) qiè (國) ㄑㄧㄝˋ 音妾。

㊺ 闝：同嫖。

㊻ 手頭：指手中的錢。

㊼ 不統口：不開口，不吐口。統，疑為「綻」字之誤。綻，開。

㊽ 觸突：觸犯。

㊾ 温克：語出《詩經・小雅・小宛》。本謂醉酒後能温藉自持，引申為温和恭敬之意。

㊿ 日逐：每天。

51 行户：指妓院。
52 混帳：這裡是胡混的意思。
53 鍾馗老：傳説為唐朝進士，死後成神，專門捉鬼。馗㊥kuí㊒ㄎㄨㄟˊ音葵。
54 摇錢樹：神話傳説中的一種寶物。鴇母要靠妓女賺錢，把妓女看作摇錢樹。
55 退財白虎：白虎，兇神。退財白虎，是指不讓錢財進門的兇神。這是鴇母罵杜十娘的話。
56 七件事：指過日子必備的柴、米、油、鹽、醬、醋、茶七樣東西。
57 粉頭：年輕妓女。
58 孤拐：腳髁骨。這裡的意思是打腳髁骨。
59 鈔：明朝時曾發行紙幣，稱「大明寶鈔」。這裡是指銀子。
60 十齋：佛家語，於每月的一日、八日、十四日、十五日、十八日、二十三日、二十四日、二十八日、二十九日、三十日過午不食，謂之十齋。
61 虔婆：泛指兇惡的婦女，這裡指鴇母，這是罵人語。
62 難嬌娘：難，此處讀去聲，作動詞用。謂給十娘出難題。
63 落籍：明代妓女都在樂籍列名。從良時，要在樂籍除名，稱落籍。
64 罄：空，盡。罄㊥qìng㊒ㄑㄧㄥˋ音慶。
65 行院：指妓院。行㊥háng㊒ㄏㄤˊ音杭。
66 曲中：唐宋時妓女所居的地方稱坊曲，曲中就是妓院中。
67 褻瀆：輕慢、侮蔑的意思。褻㊥xiè㊒ㄒㄧㄝˋ音屑。瀆㊥dú㊒ㄉㄨˊ音讀。
68 開交：分開、斷絕關係。
69 緩急：緩，舒緩。急，急迫，緊迫。這裡是複義偏用，指的是有急事。
70 喒：同咱。

(71) 婊子：對妓女稱呼。

(72) 嘿：同默。

(73) 芳卿：對親愛的女子的稱呼。

(74) 庶易為力：才容易辦到。

(75) 以手加額：表示慶幸的動作。

(76) 籌畫：算計。

(77) 禿髻：髻，挽束在頭頂上的髮。禿髻，沒有戴首飾的髮髻。

(78) 翠鈿金釧：鑲嵌翡翠的首飾和金質的手鐲。鈿(漢)tián或diàn(國)ㄊㄧㄢˊ或ㄉㄧㄢˋ音田或電。釧(漢)chuàn(國)ㄔㄨㄢˋ音串。

(79) 瑤簪寶珥：簪，婦女插髻的首飾。珥，婦女的珠寶耳飾。瑤簪寶珥指玉簪和鑲珠的耳環。簪(漢)zān(國)ㄗㄢ音贊陰平聲。珥(漢)ěr(國)ㄦˇ音耳。

(80) 長行：遠行。

(81) 間關：形容旅途崎嶇艱難。

(82) 曾無約束：沒有甚麼準備。

(83) 唯唯：敷衍回答的句語。

(84) 定著：確定的辦法。

(85) 倉卒難犯：一時難以冒犯。卒(漢)cù(國)ㄘㄨˋ音促。

(86) 浮居：流動不定的居住處。

(87) 于歸：女子出嫁。

(88) 貧窶：貧陋。窶，同窶。窶(漢)jù(國)ㄐㄩˋ音巨。

(89) 因風吹火：比喻不費氣力，順便幫忙。

⑩ 僱倩：僱，僱求、僱用。倩，央求。倩㊇ qiàg ㊖ ㄑㄧㄢˋ 音欠。

⑪ 肩輿：轎子。

⑫ 消索：空乏。

⑬ 薄贐：贈給微薄的禮物或路費。贐㊇ jìn ㊖ ㄐㄧㄣˋ 音盡。

⑭ 挈一描金文具：挈，提。描金文具，繪飾著金花的箱子。挈㊇ qiè ㊖ ㄑㄧㄝˋ 音妾。

⑮ 預必：預料其必然。

⑯ 差使船：替官府運送漕糧的船。

⑰ 藍縷：破爛。縷㊇ lǚ ㊖ ㄌㄩˇ 音呂。

⑱ 解庫：典當鋪。

⑲ 勾：通夠。

⑳ 吳越間：蘇州、杭州一帶地方。

㉑ 稍佐吾夫妻山水之費矣：佐，幫助。山水之費，遊山玩水的費用。

㉒ 侵晨：凌晨。

㉓ 剪江：橫渡江面。

㉔ 執巵：舉杯。巵，古代一種盛酒器。

㉕ 六院：明初南京的官妓集聚的地方，後泛指妓院。

㉖ 絕調：絕妙的歌聲。

㉗ 拜月亭：一名《幽閨記》。相傳為元代施惠（若美）所作，本為傳奇（南戲戲文），這裡誤認為雜劇。劇中演蔣世龍和王瑞蘭、陀滿興福和蔣瑞蘭悲歡離合的故事。

㉘ 積祖揚州種鹽：積祖，祖傳，幾代。種鹽，做鹽商。

㉙ 南雍：南京的國子監。

⑪⓪青樓：指妓院。
⑪①嘲風弄月：指玩弄妓女。
⑪②佇：長久站立。
⑪③倏：時間極短促。倏㊥shù㊟ㄕㄨˋ音樹。
⑪④蓑笠翁：笠，笠帽，用竹箬或棕皮等編成。披著蓑衣，戴著笠帽的漁翁。蓑㊥suō㊟ㄙㄨㄛ音梭。笠㊥lì㊟ㄌㄧˋ音粒。
⑪⑤高學士：高啟，生於元順帝至元二年，卒於明太祖洪武七年（西元一三三六年——西元一三七四年），字季迪，明初著名詩人。
⑪⑥清誨：教誨。向人領教的客套話。
⑪⑦打跳：跳，跳板，引渡客人下船上岸的長木板。架起跳板。
⑪⑧入港：談說投機。
⑪⑨躊躇：猶豫不決，拿不定主意。
⑫⓪攢眉：皺眉。攢㊥cuán㊟ㄘㄨㄢˊ音竄陽平聲。
⑫①尊寵：稱呼對方的小老婆。
⑫②俟家君回嗔作喜：俟，等待。回嗔作喜，變怒為喜。俟㊥sì㊟ㄙˋ音四。嗔㊥chēn㊟ㄔㄣ音琛。
⑫③愀然：憂愁的樣子。愀㊥qiǎo㊟ㄑㄧㄠˇ音悄。
⑫④位居方面：管轄一個方面或一個地區。舊時以一省的最高級官吏為方面官，李甲的父親是布政使，不是最高級的官，夠不上「位居方面」，孫富這樣說是阿諛之詞。
⑫⑤必嚴帷薄之嫌：帷是幔，薄是簾，都是間隔內外的用具。舊時官場常用「帷薄」代指家庭或婦女之事。一定嚴禁超越男女之間的禮防界限。
⑫⑥資斧：旅費。

⑫⑦ 水性：水的品性，水是流動的，以此比喻女人用情不專。
⑫⑧ 踰牆鑽穴之事：指男女偷情的不正當行為。
⑫⑨ 同袍：朋友，共事。
⑬⓪ 僕：對自己的謙稱。
⑬① 閨閣：這裡指李甲原來的妻子。
⑬② 衽席：床蓆。衽（漢）rèn（國）ㄖㄣˋ 音仟。
⑬③ 授館：當家庭教師。
⑬④ 茅塞：比喻知識未開，如被茅草堵塞。
⑬⑤ 玉成：成全。
⑬⑥ 委決不下：猶豫不決。
⑬⑦ 諱：避諱，避而不言，意即隱瞞。
⑬⑧ 委曲：婉轉。
⑬⑨ 黜逐：斥責驅趕。黜（漢）chù（國）ㄔㄨˋ 音觸。
⑭⓪ 將何底止：到何時才算止境？
⑭① 渠：他。
⑭② 所天：女子指丈夫。
⑭③ 賈豎子：對商人的輕蔑稱呼。賈（漢）gǔ（國）ㄍㄨˇ 音古。
⑭④ 足色：金銀十足的成色。
⑭⑤ 分毫無爽：爽，差錯。分毫不差。
⑭⑥ 路引：出行時所領的執照。這裡指國子監發給李甲的回籍證明。
⑭⑦ 甕中之鱉：困在甕中的鱉，比喻無路可逃。

148 抽替：即抽屜。

149 牣：充滿。牣 漢 rèn 國 ㄖㄣˋ 音刃。

150 祖母綠：一種純色綠寶石，通體透明，又稱綠柱玉。

151 貓兒眼：寶石的一種，其光彩似貓眼，又稱貓睛石。

152 讒說：撥弄是非，說破壞別人相互感情的話。

153 白首不渝：終老不變。

154 潤色：裝點。

155 中饋：妻子的代稱。饋 漢 kuì 國 ㄎㄨㄟˋ 音愧。

156 浮議：沒有根據的議論和意見。

157 不辰：不逢時。

158 困瘁：困苦疲勞。

159 悒悒：悶在心裡之意。悒 漢 yì 國 ㄧˋ 音邑。

160 共跨秦樓之鳳：傳說春秋時，蕭史善吹簫，秦穆公將女兒弄玉嫁給他。蕭史教弄玉吹簫作鳳鳴之音，鳳鳥居然感音而來。後來，蕭史乘龍，弄玉乘鳳，一同仙去。

161 費人參：參，參詳。指使人費解。

儒林外史・范進中舉

吳敬梓

這周學道雖也請了幾個看文章的相公①，卻自心裡想道：「我在這裡面吃苦久了，如今自己當權，須要把卷子都要細細看過，不可聽著幕客②，屈了真才。」主意定了，到廣州上了任。次日，行香掛牌③。先考了兩場生員④。第三場是南海、番禺兩縣童生⑤。周學道坐在堂上，見那些童生紛紛進來：也有小的，也有老的，儀表端正的，獐頭鼠目的，衣冠齊楚的，襤褸破爛的……落後點進一個童生來，面黃肌瘦，花白鬍鬚，頭上戴一頂破氈帽。廣東雖是地氣溫暖，這時已是十二月上旬，那童生還穿著麻布直裰⑥，凍得乞乞縮縮，接了卷子，下去歸號。周學道看在心裡，封門進去。出來放頭牌⑦的時節，坐在上面，只見那穿麻布的童生上來交卷。那衣服因是朽爛了，在號裡又撦⑧破了幾塊。周學道看看自己身上，緋袍金帶，何等輝煌。因翻一翻點名冊，問那童生道：「你就是范進？」范進跪下道：「童生就是。」學道道：「你今年多少年紀了？」范進道：「童生冊上寫的是三十歲，童生實年五十四歲。」學道道：「你考過多少回數了？」范進道：「童生二十歲應考，到今考過二十餘次。」學道道：「如何總不進學？」范進道：「總因童生文字荒謬，所以各位大老爺不曾賞取。」周學道道：「這也未必盡然。你且出去，卷子待本道細細看。」范進磕頭下去了。

那時天色尚早，並無童生交卷。周學道將范進卷子用心用意看了一遍，心裡不喜，道：「這樣的文字，都說的是些甚麼話！怪不得不進學。」丟過一邊不看了。又坐了一會，還不見一個人來交卷，心裡又想道：「何不把范進的卷子再看一遍，倘有一線之明，也可憐他苦志。」從頭至尾又看了一遍，覺得有些意思。正要再看看，卻有一個童生來交卷。那童生跪下道：「求大老爺面試。」學道和顏道：「你的文字已在這裡了，又面試些甚麼？」那童生道：「童生詩詞歌賦都會，求大老爺出題面試。」學道變了臉道：「『當今天子重文章，足下何須講漢唐』！像你做童生的人，只該用心做文章，那些雜覽⑨學他做甚麼！況且本道奉旨到此衡文，難道是來此同你談雜學的麼？看你這樣務名而不務實，那正務自然荒廢，都是些粗心浮氣的說話，看不得了。左右的趕了出去！」一聲吩咐過了，兩傍走過幾個如狼似虎的公人，把那童生叉著膊子，一路跟頭叉到大門外。周學道雖然趕他出去，卻也把卷子取來看。看那童生叫做魏好古，文字也還清通。學道道：「把他低低的進了學⑩罷。」因取過筆來，在卷子尾上點了一點，做個記認。又取過范進卷子來看，看罷不覺嘆息道：「這樣文字，連我看一兩遍也不能解，直到三遍之後，才曉得是天地間之至文，真乃一字一珠！可見世上糊塗試官不知屈煞了多少英才！」忙取筆細細圈點，卷面上加了三圈，即填了第一名。又把魏好古的卷子取過來，填了第二十名。將各卷匯齊，帶了進去。發出案來⑪，范進是第一。謁見那日，著實讚揚了一回。點到二十名，魏好古上去，又勉勵了幾句「用心舉業，休學雜覽」的話，鼓吹送了出去⑫。

次日起馬⑬，范進獨自送在三十里之外，轎前打恭⑭。周學道又叫到跟前說道：「龍頭屬老成⑮。本道看你的文字火候⑯到了，即在此科一定發達。我覆命之後在京專候。」范進又磕頭謝了。起來立著。學道轎子一擁而去。范進立著，直望見門槍⑰影子抹過前山，看不見了，方才回到下處⑱，謝了房主人。他家離城還有四十五里路，連夜回來，拜見母親。

家裡住著一間草屋、一廈披子⑲，門外是個茅草棚。正屋是母親住著，妻子住在披房裡。他妻子乃是集上胡屠戶的女兒。范進進學回家，母親、妻子俱各歡喜。正待燒鍋做飯，只見他丈人胡屠戶，手裡拿著一副大腸和一瓶酒，走了進來。范進向他作揖，坐下。胡屠戶道：「我自倒運，把個女兒嫁與你這現世寶⑳窮鬼，歷年以來不知累了我多少！如今不知因我積了甚麼德，帶挈㉑你中了個相公，我所以帶個酒來賀你。」范進唯唯連聲，叫渾家㉒把腸子煮了。燙起酒來，在茅草棚下坐著。母親自和媳婦在廚下造飯。胡屠戶又吩咐女婿道：「你如今既中了相公，凡事要立起個體統來。比如我這行事㉓裡，都是些正經有臉面的人，又是你的長親㉔，你怎敢在我們跟前裝大，若是家門口這些做田的、扒糞的，不過是平頭百姓，你若同他拱手作揖，平起平坐，這就是壞了學校規矩，連我臉上都無光了。你是個爛忠厚沒用的人，所以這些話我不得不教導你，免得惹人笑話。」范進道：「岳父見教的是。」胡屠戶又道：「親家母也來這裡坐著吃飯。老人家每日小菜飯，想也難過，我女孩兒也吃些，自從進了你家門，這十幾年，不知豬油可曾吃過兩三回哩！可憐！可憐！」說罷，婆媳兩個都來坐著吃了飯。吃到日西時分，胡屠戶吃的醺醺的。這裡母子兩個，千恩萬謝。屠戶橫披了衣服，腆著[25]肚子去了。

次日，范進少不得拜拜鄉鄰。魏好古又約了一班同案[26]的朋友，彼此來往。因是鄉試年[27]，做了幾個文會[28]。不覺到了六月盡間，這些同案的人約范進去鄉試。范進因沒有盤費，走去同丈人商議，被胡屠戶一口啐在臉上，罵了一個狗血噴頭，道：「不要失了你的時了！你自己只覺得中了一個相公，就『癩蝦蟆想吃起天鵝肉』來！我聽見人說，就是中相公時，也不是你的文章，還是宗師[29]看見你老，不過意，捨與你的。如今癡心就想中起老爺[30]來！這些中老爺的都是天上的文曲星[31]！你不看見城裡張府上那些老爺？都有萬貫家私，一個個方面大耳。像你這尖嘴猴腮，也該撒抛㉜尿自己照照，不三不四就想天鵝屁吃！趁早收了這心，明年在我們行事裡替你尋一個館，每年尋幾兩銀子，養活你那老不死的老娘和你老婆是正經。你問我借盤纏，我一天殺一個豬還賺不得錢把銀子，都把與㉝你去丟在水裡，叫我一家老小嗑㉞西北風！」一頓夾七夾八，罵的范進摸門不著。辭了丈人回來，自心裡想：「宗師說我火候已到，自古無場外的舉人，如不進去考他一考，如何甘心？」因向幾個同案商議，瞞著丈人，到城裡鄉試。出了場，即便回家。家裡已是餓了兩三天。被胡屠戶知道，又罵了一頓。

到出榜㉟那日，家裡沒有早飯米，母親吩咐范進道：「我有一隻生蛋的母雞，你快拿集上去賣了，買幾升米來煮餐粥吃，我已是餓的兩眼都看不見了。」范進慌忙抱了雞，走出門去。才去不到兩個時候㊱，只聽得一片聲的鑼響，三匹馬闖將來。那三個人下了馬，把馬拴在茅草棚上，一片聲叫道：「快請范老爺出來，恭喜高中了！」母親不知是甚事㊲，嚇得躲在屋裡，聽見中了，方敢伸出頭來說道：「諸位請坐，小兒方才出去了。」那些報錄人㊳道：「原來是老太太。」大家簇擁著要喜錢。正在吵鬧，又是幾匹馬，二報、三報到了，擠了一屋的人，茅草棚地下都坐滿了。鄰居都來了，擠著看。老太太沒奈何，只得央及一個鄰居去尋他兒子。

那鄰居飛奔到集上，一地裡㊴尋不見，直尋到集東頭，見范進抱著雞，手裡插個草標，一步一踱的東張西望，在那裡尋人買。鄰居道：「范相公，快些回去！你恭喜中了舉人，報喜人擠了一屋裡。」范進道是哄他，只裝不聽見，低著頭往前走。鄰居見他不理，走上來就要奪他手裡的雞。范進道：「你奪我的雞怎的？你又不買。」鄰居道：「你中了舉了，叫你家去打發報子哩。」范進道：「高鄰，你曉得我今日沒有米，要賣這雞去救命，為甚麼拿這話來混㊵我。我又不同你頑㊶，你自回去罷，莫誤了我賣雞。」鄰居見他不信，劈手把雞奪了，摜在地下，一把拉了回來。

報錄人見了道：「好了，新貴人回來了。」正要擁著他說話，范進三兩步走進屋裡來，見中間報帖㊷已經升掛起來，上寫道：「捷報貴府老爺范諱㊸進高中廣東鄉試第七名亞元㊹。京報連登黃甲㊺。」范進不看便罷，看過一遍，又念一遍，自己把兩手拍了一下，笑了一聲道：「噫，好了！我中了！」說著，往後一交跌倒，牙關咬緊，不省人事。老太太慌了，慌將幾口開水灌了過來。他爬將起來，又拍著手大笑道：「噫，好！我中了！」笑著，不由分說就往門外飛跑，把報錄人和鄰居都唬了一跳。走出大門不多路，一腳踹㊻在塘裡，掙起來，頭髮都跌散了，兩手黃泥，淋淋漓漓一身的水，眾人拉他不住，拍著，笑著，一直走到集上去了。

眾人大眼望小眼，一齊道：「原來新貴人歡喜瘋了。」老太太哭道：「怎生這樣苦命的事，中了一個甚麼舉人，就得了這個拙病㊼！這一瘋了，幾時才得好？」娘子胡氏道：「早上好好出去，怎的就得了這樣的病！卻是如何是好？」眾鄰居勸道：「老太太不要心慌，我們而今且派兩個人跟定了范老爺。這裡眾人家裡拿些雞蛋酒米，且管待了報子上的老爹們，再為商酌㊽。」當下眾鄰居有拿雞蛋來的，有拿白酒來的，也有背了斗米來的，也有捉兩隻雞來的。娘子哭哭啼啼，在廚下收拾齊了，拿在草棚下。鄰居又搬些桌凳，請報錄的坐著吃酒，商議他這瘋了如何是好。報錄的內中有一個人道：「在下倒有一個主意，不知可以行得行不得？」眾人問如何主意。那人道：「范老爺平日可有最怕的人？他只因歡喜狠了，痰湧上來，迷了心竅。如今只消㊾他怕的這個人來打他一個嘴巴，說：『這報錄的話都是哄你，你並不曾中。』他吃這一唬，把痰吐了出來，就明白了。」眾鄰都拍手道：「這個主意好得緊，妙得緊！范老爺怕的，莫過於肉案子上胡老爹。好了，快尋胡老爹來！他想是還不知道，在集上賣肉哩。」又一個人道：「在集上賣肉他倒好知道了，他從五更鼓就往東頭集上迎豬㊿，還不曾回來。快些迎著去尋他。」

一個人飛奔去迎，走到半路，遇著胡屠戶來，後面跟著一個燒湯的二漢51，提著七八斤肉，四五千錢，正來賀喜。進門見了老太太，老太太大哭著告訴了一番。胡屠戶詫異道：「難道這等沒福？」外邊人一片聲請胡老爹說話。胡屠戶把肉和錢交與女兒，走了出來。眾人如此這般同他商議。胡屠戶作難道：「雖然是我女婿，如今卻做了老爺，就是天上的星宿。天上的星宿是打不得的！我聽得齋公㊿們說，打了天上的星宿，閻王就要拿去打一百鐵棍，發在十八層地獄，永不得翻身。我卻是不敢做這樣的事！」鄰居內一個尖酸人說道：「罷麼㊸！胡老爹，你每日殺豬的營生，白刀子進去，紅刀子出來，閻王也不知叫判官在簿子上記了你幾千條鐵棍，就是添上這一百棍，也打甚麼要緊？只恐把鐵棍子打完了，也算不到這筆賬上來。或者你救好了女婿的病，閻王敘功，從地獄裡把你提上第十七層來也不可知。」報錄的人道：「不要只管講笑話。胡老爹，這個事須是這般，你沒奈何權變一權變。」屠戶被眾人局不過㊹，只得連斟兩碗酒喝了，壯一壯膽，把方才這些小心㊺收起，將平日的兇惡樣子拿出來，捲一捲那油晃晃的衣袖，走上集去。眾鄰居五六個都跟著走。老太太趕出來叫道：「親家，你只可唬他一唬，卻不要把他打傷了！」眾鄰居道：「這自然，何消㊻吩咐。」說著，一直去了。

來到集上，見范進正在一個廟門口站著，散著頭髮，滿臉污泥，鞋都跑掉了一隻，兀自57拍著掌，口裡叫道：「中了！中了！」胡屠戶兇神一般走到跟前說道：「該死的畜生！你中了甚麼？」一個嘴巴打將去。眾人和鄰居見這模樣，忍不住的笑。不想胡屠戶雖然大著膽子打了一下，心裡到底還是怕的，那手早顫起來，不敢打到第二下。范進因這一個嘴巴，卻也打暈了，昏倒於地。眾鄰居一齊上前，替他抹胸口，捶背心，舞58了半日，漸漸喘息過來，眼睛明亮，不瘋了。眾人扶起，借廟門口一個外科郎中59「跳駝子」板凳上坐著。胡屠戶站在一邊，不覺那隻手隱隱的疼將起來，自己看時，把個巴掌仰著再也彎不過來。自己心裡懊惱道：「果然天上文曲星是打不得的！而今菩薩計較起來了。」想一想，更疼的狠了，連忙問郎中討了個膏藥貼著。范進看了眾人，說道：「我怎麼坐在這裡？」又道：「我這半日，昏昏沉沉，如在夢裡一般。」眾鄰居道：「老爺恭喜高中了。適才歡喜的有些引動了痰，方才吐出幾口痰來好了。快請回家去打發報錄人。」范進說道：「是了，我也記得是中的第七名。」范進一面自綰60了頭髮，一面問郎中借了一盆水洗洗臉。一個鄰居早把那一隻鞋尋了來，替他穿上。見丈人在跟前，恐怕又要來罵。胡屠戶上前道：「賢婿老爺，方才不是我敢大膽，是你老太太的主意，央我來勸你的。」鄰居內一個人道：「胡老爹方才這個嘴巴打的親切，少頃范老爺洗臉還要洗下半盆豬油來！」又一個道：「老爹，你這手明日殺不得豬了。」胡屠戶道：「我那裡還殺豬，有我這賢婿，還怕後半世靠不著也怎的？我每常說，我的這個賢婿，才學又高，品貌又好，就是城裡頭那張府、周府這些老爺，也沒有我女婿這樣一個體面的相貌。你們不知道，得罪你們說，我小老[61]這一雙眼睛卻是認得人的，想著先年我小女在家裡，長到三十多歲，多少有錢的富戶要和我結親，我自己覺得女兒像有些福氣的，畢竟要嫁與個老爺，今日果然不錯！」說罷哈哈大笑，眾人都笑起來。看著范進洗了臉，郎中又拿茶來吃了，一同回家。范舉人先走，屠戶和鄰居跟在後面，屠戶見女婿衣裳後襟滾皺了許多，一路低著頭替他扯了幾十回。到了家門，屠戶高聲叫道：「老爺回府了！」老太太迎著出來，見兒子不瘋，喜從天降。眾人問報錄的，已是家裡把屠戶送來的幾千錢打發他們去了。范進拜了母親，也拜謝丈人。胡屠戶再三不安道：「些須[62]幾個錢，不夠你賞人。」范進又謝了鄰居。

正待坐下，早看見一個體面的管家，手裡拿著一個大紅全帖[63]，飛跑了進來道：「張老爺來拜新中的范老爺。」說畢，轎子已是到了門口。胡屠戶忙躲進女兒房裡不敢出來。鄰居各自散了。范進迎了出去，只見那張鄉紳下了轎進來，頭戴紗帽，身穿葵花色圓領[64]，金帶、皂靴[65]。他是舉人出身，做過一任知縣的，別號靜齋，同范進讓了進來，到堂屋內平磕了頭[66]，分賓主坐下。張鄉紳先攀談道：「世先生同在桑梓[67]，一向有失親近。」范進道：「晚生久仰老先生，只是無緣，不曾拜會。」張鄉紳道：「適才看見題名錄[68]，貴房師高要縣湯公[69]，就是先祖的門生[70]，我和你是親切的世弟兄[71]。」范進道：「晚生僥幸，實是有愧。卻幸得出老先生門下，可為欣喜。」張鄉紳四面將眼睛望了一望，說道：「世先生果是清貧。」隨在跟的家人手裡拿過一封銀子來，說道：「弟卻也無以為敬，謹具賀儀[72]五十兩，世先生權且收著。這華居其實住不得，將來當事拜往[73]俱不甚便。弟有空房一所，就在東門大街上，三進三間，雖不軒敞[74]，也還乾淨，就送與世先生，搬到那裡去住，早晚也好請教些。」范進再三推辭，張鄉紳急了，道：「你我年誼世好[75]，就如至親骨肉一般，若要如此，就是見外了。」范進方才把銀子收下，作揖謝了。又說了一會，打躬作別。

胡屠戶直等他上了轎，才敢走出堂屋來。范進即將銀子交與渾家打開看，一封一封雪白的細絲錠子，即便包了兩錠，叫胡屠戶進來，遞與他道：「方才費老爹的心，拿了五千錢來。這六兩多銀子老爹拿了去。」屠戶把銀子攥在手裡緊緊的，把拳頭舒[76]過來，道：「這個，你且收著。我原是賀你的，怎好又拿了回去？」范進道：「眼見得我這裡還有這幾兩銀子，若用完了，再來問老爹討來用。」屠戶連忙把拳頭縮了回去，往腰裡揣，口裡說道：「也罷，你而今相與[77]了這個張老爺，何愁沒有銀子用？他家裡的銀子，說起來比皇帝家還多些哩！他家就是我賣肉的主顧，一年就是無事，肉也要用四五千斤，銀子何足為奇！」又轉回頭來望著女兒說道：「我早上拿了錢來，你那該死行瘟的兄弟還不肯，我說：『姑老爺今非昔比，少不得有人把銀子送上門來給他用，只怕姑老爺還不希罕。』今日果不其然！如今拿了銀子家去罵這死砍頭短命的奴才！」說了一會，千恩萬謝，低著頭笑迷迷的去了。

自此以後，果然有許多人來奉承他：有送田產的，有人送店房的，還有那些破落戶，兩口子來投身為僕圖蔭庇的。到兩三個月，范進家奴僕、丫鬟都有了，錢、米是不消說了。

作者

吳敬梓，生於清聖祖康熙四十年，卒於清高宗乾隆十九年（西元一七〇一年——西元一七五四年）。字敏軒，一字文木，安徽全椒人。生於顯赫豪門，世代為官。高祖吳沛為理學大師。父吳霖起為贛榆縣教諭。吳敬梓工詩詞，學問淵博，尤精《文選》。鄙棄科舉八股，中秀才後，一心從事著述。父亡後，任性揮霍，散盡家財，生活困窘，鄉紳傳為子弟戒。後遷家南京，窮死於揚州。

吳敬梓晚年境況淒苦，飽歷炎涼世態。所作《儒林外史》五十五回，以嬉笑怒罵之筆，諷刺當時官場社會的黑暗與一般讀書人的醜態。《儒林外史》的文字以口語為主，雜以成語、諺語、歇後語及文言等，富於機趣幽默。人物形象，刻劃細膩。全書以寫實為主，沒有鬼神的荒誕，玄虛的奇談。對於風水邪說、輪迴因果及虛偽的禮教，作出深刻批判。《儒林外史》在中國小說史上，佔有崇高的地位，可與《水滸傳》及《紅樓夢》媲美。吳敬梓另著有《文木山房集》。

題解

〈范進中舉〉節錄自《儒林外史》第三回「周學道校士撥真才　胡屠户行凶鬧捷報」，版本據《儒林外史會評本》，現有標題為編者所加。故事以暮年登科的周學道與花白鬍鬚的老童生范進相遇為開端，帶出當時知識分子窮一生之力追求功名的現象。繼而寫范進高中鄉試前後的遭遇，表現科舉之路足以改變人的政治地位和經濟生活，作者以深刻的洞察力和辛辣的諷刺筆調，對清代科舉制度的腐朽黑暗、各階層人物的可笑嘴臉和知識分子醉心功名利祿的醜態，作出了無情的嘲諷。

注釋

① 這周學道雖也請了幾個看文章的相公：學道，明代主持一省教育及考試的最高官員，清代稱學政。相公，對已有秀才功名者的稱呼。

② 幕客：受地方官自己聘請的私人秘書，此指學政聘請幫助評閱考生文章的人。

③ 行香掛牌：行香，到孔廟上香祭拜。掛牌，出佈告公告考試地點、日期。行香掛牌是學政到省後例行的儀式。

④ 生員：明清時期，凡經過本省各級考試被錄入府（州）、縣學者，通稱生員，習稱秀才。

⑤ 第三場是南海、番禺兩縣童生：南海、番禺，皆屬廣州府。童生，明清時期，凡習舉業的讀書人，在未通過考試取得生員資格之前，不論年齡大小皆稱為儒童，習稱童生。此時的范進仍是個童生。

⑥ 直裰：古代的一種便服，長袍斜領大袖，四周鑲邊。裰(漢) duó (國) ㄉㄨㄛˊ 音奪。

⑦ 放頭牌：即放頭排，在科場中已完卷的考生每三十人做一排放出，而第一批完卷放出的考生謂之放頭排。

⑧ 撦：同扯。

⑨ 雜覽：指與八股科試無關的詩詞歌賦。

⑩ 進了學：即進學，指被取為生員（秀才）。秀才在縣、府官學中有名籍，故稱進學。

⑪ 發出案來：即發案，指縣、府、院試公告合格、錄取的名單和名次。

⑫ 鼓吹送了出去：由官府的吹鼓手擂鼓、吹嗩吶等樂器將考中秀才者送出衙門，以示榮耀和嘉獎。

⑬ 起馬：起身離去。

⑭ 打恭：也作打躬，躬身作揖。

⑮ 龍頭屬老成：龍頭，指狀元。相傳宋代梁顥八十二歲中進士第一名，其謝恩詩有：「也知少年登科好，爭奈龍頭屬老成。」後以此作為對參加會試的老年人的祝福語。

⑯ 火候：此指學問的功夫、功力。

⑰ 門槍：又叫旗槍。官員出行時的一種儀仗，平時就插在門首做裝飾。

⑱ 下處：外出者臨時住處，或客店，或民宅，或寺院。

⑲ 一廈披子：一間偏房子。

⑳ 現世寶：活寶貝。一種嘲罵人没有用處、甚麼都不行的話。

㉑ 帶挈：提攜。此指別人沾了自己的福氣。挈(漢) qiè (國) ㄑㄧㄝˋ 音妾。

㉒ 渾家：妻子。渾(漢) hún (國) ㄏㄨㄣˊ 音餛。

㉓ 行事：同業、同行。

㉔ 長親：長輩。

㉕ 腆著：挺著。腆(漢) tiǎn (國) ㄊㄧㄢˇ 音舔。

㉖ 同案：同一榜、同一批考中秀才的人，彼此稱為同案。

㉗ 鄉試年：科舉時代每三年舉行一次全省秀才考舉人的考試，稱鄉試，輪到鄉試這一年叫鄉試年。

㉘ 文會：秀才們為參加鄉試，聚攏一起寫文章，相互觀摩、評論，當時稱文會。

㉙ 宗師：對一省主管教育、主持秀才考試的學官（學道、學政）的敬稱。此指周學道。
㉚ 老爺：秀才稱相公，中了舉人後就稱老爺。
㉛ 文曲星：古時相信文曲星是主管文運的星宿，能考中舉人，就認為是文曲星下凡。
㉜ 拋：通常寫作泡。
㉝ 把與：把，給。給與。
㉞ 嗑：用同「喝」。嗑 (漢) hē (國) ㄏㄜˊ 音合。
㉟ 出榜：榜，試後張貼出來的錄取名單。張榜、發榜。
㊱ 兩個時候：兩個時辰，即四小時。
㊲ 甚事：甚麼事。
㊳ 報錄人：官府派來到考中者家裡報告喜訊的人，又稱報子。
㊴ 一地裡：一路上、到處。
㊵ 混：蒙混、欺騙。
㊶ 頑：同玩，即開玩笑。
㊷ 報帖：通報考中的文書。
㊸ 諱：避諱。舊時為了表示對有身份、有地位者的尊敬，不直呼其名，特在名前加諱字。
㊹ 亞元：鄉試舉人第一名稱解元，第二名至第十名統被稱作亞元。
㊺ 京報連登黃甲：黃甲，舉人經會試考中者為貢士，貢士經殿試被取錄者為進士，進士分三甲（意近三等），進士榜用黃紙書寫，故稱黃甲。這是一種祝福之語，意為祝赴京會試、殿試連連高中。
㊻ 踹：踩。踹 (漢) chuài (國) ㄔㄨㄞˋ 音揣去聲。
㊼ 掘病：倒楣的病。
㊽ 商酌：商量斟酌。

㊾ 只消：只須、只要。

㊿ 他從五更鼓就往東頭集上迎豬：五更鼓，打五更鼓的時候，五更即拂曉時分，天快亮了。迎豬，接豬，迎接賣豬的，即買豬。

(51) 燒湯的二漢。二漢，傭工、夥計。燒水的傭工。

(52) 齋公：信奉佛教住在家裡唸經、吃齋（素食）的人；在廟裡打雜的人也稱齋公。

(53) 罷麼：得了罷。

(54) 局不過：局，催逼。礙於情面，雖然自己不願意，也只好屈從。

(55) 小心：此謂顧慮之意。

(56) 何消：何須。

(57) 兀自：仍然。兀 (漢) wù (國) ㄨˋ 音物。

(58) 舞：忙亂。

(59) 外科郎中：郎中，大夫、醫生。指專治跌打損傷的醫生。

(60) 綰：把頭髮束起來，打成結。綰 (漢) wǎn (國) ㄨㄢˇ 音晚。

(61) 小老：老年人謙虛的自稱。

(62) 些須：很少的、一點點。

(63) 全帖：拜訪客人時用的帖子，橫闊十倍於單帖而摺迭成冊的叫全帖。用全帖表示恭敬和鄭重。

(64) 圓領：明代官員的常禮服。

(65) 皂靴：黑色的官靴。

(66) 平磕了頭：相對的磕頭行禮。磕 (漢) kē (國) ㄎㄜ 音科。

(67) 世先生同在桑梓：世，世交，指兩家之間世代有交往。世先生，對有世交者的敬稱。桑梓，故鄉、家鄉。

⑱ 題名錄：此指本科鄉試考中舉人的名册。

⑲ 貴房師高要縣湯公：房師，科考時，除正、副主考官外，還抽調一些有學識的官吏做同考官，分房評閱試卷、推薦好卷給主考，本科舉人、進士稱本房的同考官為房師。高要縣，在廣州西一百五十里許。湯公，即小說中的高要知縣湯奉。

⑳ 門生：門下的學生。科考得中的秀才、舉人、進士即被視為本科主考官的門生。

㉑ 世弟兄：世交兄弟。

㉒ 賀儀：賀禮。

㉓ 當事拜往：當事，地方官吏。即地方官吏前來拜會。

㉔ 軒敞：房屋高大寬敞。敞 漢 chǎng 國 ㄔㄤˇ 音廠。

㉕ 年誼世好：年誼，范進與張靜齋都是舉人出身，故稱年誼。世好，范進的房師是張靜齋祖父的門生，故又稱世好。

㉖ 舒：伸。

㉗ 相與：相互往來，即結交。

紅樓夢・抄檢大觀園

曹雪芹

話說平兒聽迎春①說了，正自好笑，忽見寶玉②也來了。原來管廚房柳家媳婦③妹子，也因放頭④開賭，得了不是。因這園中有素與柳家的不好的，便又要告出柳家的來，說他和妹子是夥計，賺了平分。因此鳳姐⑤要治柳家之罪。那柳家的聽得此信，便慌了手腳；因思素與怡紅院⑥的人最為深厚，故走來悄悄的央求晴雯⑦、芳官⑧等人，轉告訴了寶玉。寶玉因思內中迎春的嬤嬤⑨也現有此罪，不若來約同迎春去討情，比自己獨去單為柳家的說情又更妥當，故此前來。忽見許多人在此，見他來時，都問他：「你的病可好了？跑來做甚麼？」寶玉不便說出討情一事，只說：「來看二姐姐。」當下眾人也不在意，且說些閑話。

平兒便出去辦纍金鳳⑩一事。那玉桂兒媳婦⑪緊跟在後，口內百般央求，只說：「姑娘好歹口內超生⑫，我橫豎去贖了來。」平兒笑道：「你遲也贖，早也贖，『既有今日，何必當初』！你的意思『得過就過』；既是這樣，我也不好意思告人，趁早取了來，交與我送去，一字不提。」玉桂兒媳婦聽說，方放下心來，就拜謝，又說：「姑娘自去貴幹，趕晚贖了來，先回了姑娘，再送去如何？」平兒道：「趕晚不來，可別怨我。」說畢，二人方分路，各自散去。

平兒到房，鳳姐問他：「三姑娘⑬叫你做甚麼？」平兒笑道：「三姑娘怕奶奶生氣，叫我勸著奶奶些，問奶奶這兩天可吃些甚麼？」鳳姐笑道：「倒是他還記罣我。剛纔又出了一件事：有人來告柳二媳婦和他妹子通同開局，凡妹子所為，都是他作主。我想你素日曾勸我，多一事不如省一事，自己保養保養也是好的。我因聽不進去，果然應了，先把太太得罪了，而且反賺了一場病。如今我也看破了，隨他們鬧去罷。橫豎還有許多人呢！我白操一會子心，倒惹得萬人咒罵，不如且自養養病。就是病好了，我也會做好好先生⑭，得樂且樂，得笑且笑，一概是非，且都憑他們去罷。所以我只答應著『知道了』。」平兒笑道：「奶奶果然如是，那就是我們的造化了。」

一語未了，只見賈璉⑮進來，拍手歎道：「好好兒的又生事！前兒我和鴛鴦⑯借當，那邊太太怎麼知道了？纔剛太太叫過我去，叫我不管那裡先借二百銀子，做八月十五節下使用。我回沒處借，太太就說：『你沒有錢，就有地方挪移，我白和你商量，你就搪塞我，你就沒地方兒！前兒一千銀子的當是那裡的？連老太太⑰的東西你都有神通弄出來，這會二百銀子你就這樣難。虧我沒和別人說去！』我想太太分明不短，何苦來要尋事奈何人！」鳳姐兒道：「那日並沒個外人，誰走了這個消息？」平兒聽了，也細想那日有誰在此，想了半日，笑道：「是了！那日說話時沒人，但晚上送東西來的時節，老太太那邊傻大姐⑱兒的娘，可巧來送漿洗衣服，他在下房裡坐了一回子，看見一大箱子東西，自然要問，必是小丫頭們不知道，說出來了也未可知。」因此便喚了幾個小丫頭來問：「那日誰告訴傻大姐的娘了？」眾小丫頭慌了，都跪下賭神發誓說：「自來也不敢多說一句話。有人凡問甚麼，都答應不知道，這事如何敢說！」鳳姐詳情度理

⑲，說：「他們必不敢多說一句話，倒別委屈了他們。如今把這事靠後，且把太太打發了去要緊。寧何偺們短些，又別討沒意思。」因叫平兒：「把我的金首飾，再去押二百銀子來送去完事。」賈璉道：「越發多押二百，偺們也要使呢。」鳳姐道：「很不必，我沒處使。這還不知指那一項贖呢！」平兒拏了去，交給旺兒媳婦⑳領去，不一時拏了銀子來，賈璉親自送去，不在話下。

這裡鳳姐和平兒猜疑走風的人：「反叫鴛鴦受累，豈不是偺們過失！」正在此胡想，人報太太來。鳳姐聽了詫異，不知何事，隨即與平兒等忙迎出來。只見王夫人㉑氣色更變，只帶一個貼己小丫頭走來，一語不發，走到裡間坐下。鳳姐忙捧茶，因陪笑問道：「太太今日高興，到這裡逛逛？」王夫人喝命：「平兒出去！」平兒見了這般，不知怎麼了，忙應了一聲，帶著眾小丫頭一齊出去，在房門外站住，越發將房門掩了，自己坐在台階上，所有的人一個不許進去。鳳姐也著了慌，不知有何事。只見王夫人含著淚，從袖裡擲出一個香袋來，說：「你瞧！」鳳姐忙拾起一看，見是十錦春意香袋㉒，也唬了一跳，忙問：「太太從那裡得來？」王夫人見問，越發淚如雨下，顫聲說道：「我從那裡得來？我天天坐在井裡！念你是個細心人，所以我纔偷空兒；誰知你也和我一樣！這樣東西，大天白日擺在園裡山石上，被老太太的丫頭拾著，不虧你婆婆看見，早已送到老太太跟前去了！我且問你：這個東西如何丟在那裡？」鳳姐聽了，也更了顏色，忙問：「太太怎麼知道是我的？」王夫人又哭又歎道：「你反問我？我想一家子除了你們小夫小妻，餘者老婆子們，要這個何用？女孩子們是從那裡得來？自然是那璉兒不長進下流種子那裡弄來的！你們又和氣，當作一件頑意兒；年輕的人，兒女閨房私意是有的，你還和我賴！幸而園內上下人等不解事，尚未揀得，倘或丫頭們揀著，你姊妹看見，這還了得！不然，有那丫頭們揀著，出去說是在園內揀的，外人知道，這性命臉面要也不要？」

鳳姐聽說，又急又愧，登時紫漲了臉，便挨著炕雙膝跪下，也含淚訴道：「太太說的固然有理，我也不敢辯我並無這樣東西。但其中還要求太太想想：這香袋兒是外頭做著內工繡的，帶子連穗子，一概是市買的東西，我雖年輕不尊重，也不肯要這樣東西。再者，這也不是常帶著的，我總然有，也只好在私處擱著，焉肯在身上常帶，各處逛去？況且又在這園裡去，個個姊妹，我們多肯拉拉扯扯，倘或露出來，不但在姊妹前看見，就是奴才看見，我有甚麼意思？二則論主子內，我是年輕媳婦；算起來，奴才比我更年輕的又不止一個了，況且他們也常在園走動，焉知不是他們掉的？再者，除我常在園裡，還有那邊太太常帶過幾個小姨娘㉓來，嫣紅、翠雲㉔那幾個人，也都是年輕的人，他們更該有這個了。還有那邊珍大嫂子㉕，他也不算很老，也常帶過佩鳳㉖他們來，又焉知不是他們的？況且園內丫頭太多，保不住多是正經的。或者年紀大些的，知道了人事，一刻查問不到，偷了出去，或借著因由，合二門上小么兒們打牙撂嘴兒外頭得了的，也未可知呢！不但我沒此事，連平兒我也可以下保的。太太請細想。」

王夫人聽了這一夕話，恰很近情理，因歎道：「你起來。我也知道你是大家子的姑娘出身，不至這樣輕薄，不過我氣激你的話。但只如今卻怎麼處？你婆婆纔打發人封了這個給我瞧，把我氣了個死。」鳳姐道：「太太快別生氣。若被眾人覺察了，保不定老太太不知道。且平心靜氣，暗暗訪察，才能得這個實在；縱然訪不出，外人也不能知道。如今惟有趁著賭錢的因由，革了許多人這空兒，把周瑞媳婦㉗、旺兒媳婦等四五個貼近不能走話的人，安頓在園內，以查賭為由。再如今，他們的丫頭也太多了，保不住人大心大，生事作耗，等鬧出來，反悔之不及。如今若無故裁革，不但姑娘們委屈煩惱，就連太太和我也過不去。不如趁此機會，以後凡年紀大些的，或有些咬牙難纏㉘的，拏個錯兒攆出去，配了人。一則保得住沒有別事，二則也可以省些用度。太太想我這話何如？」王夫人歎道：「你說的何嘗不是。但從公細想，你這幾個姊妹，每人只有兩三個丫頭像人，餘者竟是小鬼兒似的，如今再去了，不但我心裡不忍，只怕老太太未必就依。雖然艱難，也還窮不至此。我雖沒受過大榮華，比你們是強些，如今可以省我些，別委屈了他們。你如今且叫人傳周瑞家等人進來，就吩咐他們快快暗訪這事要緊。」鳳姐即喚平兒進來，吩咐出去。

一時，周瑞家的與吳興家的、鄭華家的、來旺家的、來喜家的㉙現在五家陪房進來。王夫人正嫌人少，不能勘察，忽見邢夫人㉚的陪房王善保家的走來，正是方纔是他送香袋來的。王夫人向來看視邢夫人之得力心腹人等原無二意，今見他來打聽此事，便向他說：「你去回了太太，也進園來照管照管，比別人強些。」王善保家的因素日進園去，那些丫鬟們不大趨奉他，他心裡不自在，要尋他們的故事㉛又尋不著，恰好生出這件事來，以為得了把柄；又聽王夫人委託他，正碰在心坎上，道：「這個容易。不是奴才多話，論這事該早嚴緊些的。太太也不大往園裡去，這些女孩子們一個個倒像受了封誥似的，他們就成了千金小姐了。鬧下天來，誰敢哼一聲兒。不然，就調唆姑娘們，說欺負了姑娘們了，誰還耽得起！」王夫人道：「這也有的常情，跟姑娘們的丫頭，比別的姣貴些。」王善保家的道：「別的還罷了，太太不知，頭一個是寶玉屋裡的晴雯。那丫頭仗著他生的模樣兒比別人標緻些，又生了一張巧嘴，天天打扮像那西施樣子，在人跟前能說慣道，抓尖要強。一句話不投機，他就立起兩隻眼睛來罵人，妖妖調調，大不成個體統。」

王夫人聽了這話，猛然觸動往事，便問鳳姐道：「上次我們跟了老太太進園逛去，有一個水蛇腰削肩膀兒，眉眼又有些像林妹妹㉜的，正在那裡罵小丫頭。我心裡很看不上那狂樣子。因同老太太走，我不曾說得，後來要問是誰，又偏忘了。今日對了檻兒，這丫頭想必就是他了？」鳳姐道：「若論這些丫頭，共總比起來，都沒晴雯生得好。論舉止言語，他原輕薄些。方纔太太說的倒很像他，我也忘了那日的事，不敢亂說。」王善保家的便道：「不用這樣，此刻不難叫了他來，太太瞧瞧。」王夫人道：「寶玉房裡，常見我的，只有襲人、麝月㉝，這兩個夯夯的倒好。若有這個，他自然不敢來見我的，我一生最嫌這樣的人。且又出來這件事。我好好的寶玉，倘或叫這蹄子勾引壞了，那還了得。」因叫自己丫頭來，吩咐他道：「你去只說我有話問他，留下襲人、麝月伏侍寶玉不必來。有一個晴雯，最伶俐，叫他即刻快來。你不許和他說甚麼！」

小丫頭答應了，走入怡紅院，正值晴雯身上不自在，睡中覺纔起來，正發悶，聽如此說，只得隨了他來。素日晴雯不敢出頭，因連日不自在，並沒十分妝飾，自為無礙。及到了鳳姐房中，王夫人一見他釵斜鬢鬆㉞，衫垂帶褪，大有春睡捧心之態。而且形容㉟面貌恰是上月的那人，不覺勾起方纔的火來。王夫人便冷笑道：「好個美人兒！真像個『病西施』了。你天天作這輕狂樣兒給誰看！你幹的事，打量我不知呢。我且放著你，自然明兒揭你的皮！寶玉今日可好些兒？」晴雯一聽如此說，心內詫異，便知有人暗算了他，雖然著惱，只不敢作聲。他本是個聰明過頂的人，見問寶玉可好些，他便不肯以實話答應，忙跪下回道：「我不大到寶玉房裡去，又不常和寶玉在一處，好歹我不能知，那都是襲人和麝月兩個人的事，太太問他們。」王夫人道：「這就該打嘴。你難道是死人？要你們做甚麼？」晴雯道：「我原是跟老太太的人，因老太太說園裡空大人少，寶玉害怕，所以撥了我去外間屋裡上夜，不過看屋子。我原回過我不能伏侍，老太太罵了我，『又不叫你管他的事，要伶俐的做甚麼？』我聽了，纔不敢不去，纔去的。不過十天半月之內，寶玉叫著了，答應幾句話就散了。至於寶玉飲食起居，上一層有老奶奶老媽媽們，下一層有襲人、麝月、秋紋幾個人。我閒著還要做老太太屋裡的針線，所以寶玉的事，竟不曾留心。太太既怪，從此後我留心就是了。」王夫人信以為實了，忙說：「阿彌陀佛！你不近寶玉，是我的造化。竟不勞你費心！既是老太太給寶玉的，我明兒回了老太太再攆你。」因向王善保家的道：「你們進去好生防他幾日，不許他在寶玉房裡睡覺，等我回過老太太再處治他。」喝聲：「出去！站在這裡，我看不上這浪樣兒。誰許你這樣花紅柳綠的妝扮！」晴雯只得出來，這氣非同小可，一出門，便拏手帕子握臉，一頭走，一頭哭，直哭到園內去。

這裡王夫人向鳳姐等自怨道：「這幾年我越發精神短了，照顧不到。這樣妖精似的東西，竟沒看見！只怕這樣的還有，明日倒得查查。」鳳姐見王夫人盛怒之際，又因王善保家的是邢夫人的耳目，常時調唆著邢夫人生事，縱有千百樣言語，此刻也不敢說，只低頭答應著。王善保家的道：

「太太且請息怒。這些小事，只交與奴才。如今要查這個，是極容易的。等到晚上園門關了的時節，內外不通風，我們竟給他們個冷不防，帶著人到各處丫頭們房裡搜尋。想來誰有這個，斷不單有這個，自然還有別的。那時翻出別的來，自然這個也是他的了。」王夫人道：「這話倒是。若不如是，斷乎不能明白。」因問鳳姐：「如何？」鳳姐只得答應著：「太太說是，就行罷了。」王夫人道：「這主意很是，不然一年也查不出來。」於是大家商議已定。

至晚飯後，待賈母安寢了，寶釵㊱等入園時，王家的便請了鳳姐一並進園，喝命將角門皆上鎖，便從上夜的婆子處來抄揀起，不過抄揀些多攢下蠟燭燈油等物。王善保家的道：「這也是贓，不許動的，等明日回過太太再動。」於是先就到怡紅院中，喝命開門。寶玉因晴雯不自在，忽見這干人來，不知為何，直撲了丫頭們的房門去，因迎出鳳姐來，問是何故。鳳姐道：「丟了一件要緊東西，因大家混賴，恐怕有丫頭們偷了，所以大家都查一查，去疑兒。」一面說，一面坐下吃茶。王家的等搜了一回，又細問：「這幾個箱子是誰的？」都叫本人來親自開。襲人因見晴雯這樣，必有異事，又見這番抄揀，只得自己先出來打開了箱子並匣子，任其搜撿一番，不過平常通用之物。隨放下；又搜別人的。挨次都一一搜過，到晴雯的箱子，因問：「是誰的？怎麼不打開叫搜？」襲人方欲代晴雯開時，只見晴雯挽著頭髮闖進來，「豁啷」一聲，將箱子掀開，兩手提著底子，往地下一翻，將所有之物盡倒出來。王善保家的也覺沒趣兒，便紫漲了臉，說道：「姑娘別生氣，我們並非私自來的，原是奉太太的命來搜察。你們叫翻呢，我們就翻一翻；不叫翻，我們還許回太太去呢。那用急的這個樣子！」晴雯聽了這話，越發火上澆油，便指著他的臉說道：「你說你是太太打發來的，我還是老太太打發來的呢！太太那邊的人我也都見過，就只沒看見你這麼個有頭有臉大管事的奶奶！」鳳姐見晴雯說話鋒利尖酸，心中甚喜，卻礙著邢夫人的臉，忙喝住晴雯。那王善保家的又羞又氣，剛要還言，鳳姐道：「媽媽你也不必合他們一般見識，你還只管搜你的。偺們還到別處走走呢。再遲了，走了風，我可擔不起。」王善保家的只得咬咬牙，且忍了這口氣，細細的看了一看，也無甚私弊之物，回了鳳姐，要別處去，鳳姐道：「你可細細的查，若這一番查不出來，難回話了。」眾人都道：「盡都細翻了，沒有甚麼差錯東西，雖有幾樣男人物件，都是小孩子東西，想是寶玉的舊物，沒甚關係的。」鳳姐聽了笑道：「既然如此，咱們就走，再瞧別處去。」說著一徑[37]出來，向王善保家的道：「我有一句話，不知是不是：要抄揀只抄揀咱們家的人，薛大姑娘屋裡，斷乎抄檢不得的。」王善保家的笑道：「這個自然，豈有抄起親戚家來的。」鳳姐點頭道：「我也這樣說呢。」一頭說，一頭到了瀟湘館[38]內。

黛玉已睡了，忽報這些人來，不知為甚事，纔要起來，只見鳳姐已走進來，忙按住他不叫起來，只說：「睡著罷，我們就走的。」這邊且說些閒話。那王善保家的帶了眾人到了丫鬟房中，也一一開箱倒籠抄揀了一會，因從紫鵑[39]房中，搜出兩副寶玉往常換下來的寄名符兒[40]，一副束帶上的帔帶[41]，兩個荷包[42]並扇套，套內有扇子，打開看時，皆是寶玉往日曾用過的。王善保家的自為得了意，遂忙請鳳姐過來驗視，又說：「這些東西從那裡來的？」鳳姐笑道：「寶玉和他們從小兒在一處混了幾年，這自然是寶玉的舊東西。況且這符兒和扇子，都是老太太和太太常見的，媽媽㊸不信，偺們只管拏了去。」王家的忙笑道：「二奶奶既知道就是了。」鳳姐道：「這也不算甚麼稀罕事，撂下再往別處去是正經。」紫鵑笑道：「直到如今，我們兩下裡的賬也算不清，要問這一個，連我也忘了那年月日有的了。」

這裡鳳姐合王善保家的，又到探春院內。誰知早有人報與探春了。探春也就猜著必有原故，所以引出這等醜態來。遂命眾丫頭秉燭開門而待。一時眾人來了，探春故問：「何事？」鳳姐笑道：「因丟了一件東西，連日訪察不出人來，恐怕旁人賴這些女孩子們，所以大家搜一搜，使人去疑兒。倒是洗淨他們的好法子。」探春笑道：「我們的丫頭，自然都是些賊，我就是頭一個窩主。既如是，先來搜我的箱櫃，他們所偷了來的，都交給我藏著呢。」說著，便命丫鬟們把箱一齊打開，將鏡奩妝盒衾袱衣包，若大若小之物，一齊打開，請鳳姐去抄閱。鳳姐陪笑道：「我不過是奉太太的命來，妹妹別錯怪了我。」因命丫鬟們：「快快給姑娘關上。」平兒、豐兒等先忙著替侍書㊹等，關的關，收的收。探春道：「我的東西，倒許你們搜閱；要想搜我的丫頭，這卻不能。我原比眾人歹毒，凡丫頭所有的東西，我都知道，都在我這裡間收著。一針一線，他們也沒得收藏。要搜，所以止來搜我。你們不依，止管去回太太，只說我違背了太太，該怎麼處治，我自去領。你們別忙，自然你們抄的日子有呢。你們今日早起，不是議論甄家，自己家裡好好的抄家，果然今日真抄了！偺們也漸漸的來了！可知這樣大族人家，若從外頭殺來，一時是殺不死的。這可是古人說的『百足之蟲，死而不僵』，必須先從家裡自殺自滅起來，纔能一敗塗地呢！」說著，不覺流下淚來。鳳姐只看著眾媳婦們。周瑞家的便道：「既是女孩子的東西，全在這裡，奶奶且請在別處去罷，也讓姑娘好安寢。」鳳姐便起身告辭。探春道：「可細細搜明白了，若明日再來，我就不依了。」鳳姐笑道：「既然丫頭們的東西都在這裡，就不必搜了。」探春冷笑道：「你果然倒乖，連我的包袱都打開了，還說沒翻！明日敢說我護著丫頭，不許你們翻了。你趁早說明，若還要翻，不妨再翻一遍。」鳳姐知道探春素日與眾不同的，只得陪笑道：「已經連你的東西，都搜察明白了。」探春又問眾人：「你們也都搜明白了沒有？」周瑞家的等都陪笑說：「都明白了。」

那王善保家的本是個心內沒成算的人，素日雖聞探春的名，他想眾人沒眼色，沒膽量罷了，那裡一個姑娘就這樣利害起來，況且又是庶出，他敢怎麼著？自己又仗著是邢夫人的陪房，連王夫人尚另眼相待，何況他人？只當探春認真單惱鳳姐，與他們無干，他便要乘勢作臉，因越眾向前，拉起探春的衣襟，故意一掀，嘻嘻的笑道：「連姑娘身上，我都翻了，果然沒有甚麼。」鳳姐見他這樣，忙說：「媽媽走罷，別瘋瘋顛顛的。」一語未了，只聽「啪」的一聲，王家的臉上早著了探春一巴掌。探春登時大怒，指著王家的問道：「你是甚麼東西？敢來拉扯我的衣裳！我不過看著太太的面上，你又有幾歲年紀，叫你一聲『媽媽』；你就狗仗人勢，天天作耗㊺，在我們跟前逞臉。如今越發了不得了，你索性望我動手動腳的了！你打諒我是同你們姑娘那麼好性兒，由著你們欺負，你就錯了主意了。你來搜檢東西，我不惱，你不該拏我取笑兒！」說著，便親自要解鈕子，拉著鳳姐兒細細的翻，「省得你們叫奴才來翻我！」鳳姐、平兒等都忙與探春理裙整袂，口內喝著王善保家的說：「媽媽吃兩口酒，就瘋瘋顛顛起來，前兒把太太也衝撞了。快出去，別再討臉了。」又忙勸探春：「好姑娘，別生氣，他算甚麼，姑娘氣著倒值多了。」探春冷笑道：「我但凡有氣，早一頭碰死了。不然怎麼許奴才來我身上搜賊贓呢！明兒一早，先回過老太太、太太，再過去給大娘賠禮，該怎麼著，我去領。」那王善保家的討了個沒臉，趕忙躲出窗外，只說：「罷了！罷了！這也是頭一遭捱打。我明兒回了太太，仍回老娘家去罷。這個老命還要他做甚麼！」探春喝命丫鬟：「你們聽見他說話，還等我和他拌嘴去不成？」侍書聽說，更出去說道：「媽媽你知點好歹兒，省一句兒罷！你果然回老娘家去，倒是我們的造化了。只怕你捨不得去，你去了，叫誰討主子的好兒，調唆著察考姑娘，折磨我們呢？」鳳姐笑道：「好丫頭，真是有其主

必有其僕。」探春冷笑道：「我們做賊的人，嘴裡都有三言兩語的，就只

不會背地裡調唆主子。」平兒忙也陪笑勸解，一面又拉了侍書進來，周瑞

家的等人，勸了一番。鳳姐直待伏侍探春睡下，方帶著人在對過暖香塢㊻

來。

彼時李紈㊼猶病在床上，他與惜春㊽是緊鄰，又與探春相近，故順路先到這兩處。因李紈纔吃了藥睡著，不好驚動，只到丫鬟們房中一一的搜了一遍，也沒有甚麼東西。遂到惜春房中來。因惜春年少尚未識事，嚇的不知當有甚麼事故，鳳姐少不得安慰他。誰知竟在入畫㊾箱中，尋出一大包銀錁子㊿來，約共三四十個，為查奸情反得賊贓。又有一副玉帶板子⑤¹，並一包男人的靴襪等物。鳳姐也黃了臉，因問：「是那裡來的？」入畫只得跪下哭訴真情，說：「這是珍大爺賞我哥哥的，因我們老子娘都在南方，如今只跟著叔叔過日子。我叔叔嬸子，只要吃酒賭錢，我哥哥怕交給他們，又花了，所以每常得了，悄悄的煩老媽媽帶進來，叫我收著的。」惜春膽小，見了這個，也害怕，說：「我竟不知道，這還了得？二嫂子要打

他，好歹帶他出去打罷，我聽不慣的。」鳳姐笑道：「若果真呢，也倒可恕。只是不該私自傳送進來。這個可以傳遞，怕甚麼不可傳遞？這倒是傳遞的人不是了。若這話不真，倘是偷來的，你可就別想活了。」入畫跪哭道：「我不敢撒謊，奶奶明日只管問我們奶奶和大爺去，若說不是賞的，就拏我和哥哥一同打死無怨。」鳳姐道：「這個自然要問的。只是真賞的，你也有不是，誰許你私自傳送東西的？你且說是誰接應，我便饒你。下次萬萬不可。」惜春道：「嫂子，別饒他，這裡人多，若不管了他，那些大的聽見了，又不知怎麼樣呢。嫂子若依他，我也不依。」鳳姐道：「素日我看他還使得，誰沒有一個錯兒。只這一次，二次再犯，二罪俱罰。但不知傳遞是誰？」惜春道：「若說傳遞，再無別個，必是後門上的張媽。他常和這些丫頭鬼鬼祟祟的，這些丫頭們也都肯照顧他。」鳳姐聽說，便命人記下，將東西且交給周瑞家的暫且拏著，等明日對明再議。誰知那老張媽原和王善保家有親，近因王善保家的在邢夫人跟前作了心腹人，便把親戚伙伴兒們，都看不到眼裡了。後來張家的氣不平，鬬了兩次口，彼此都不說話了。如今王家的，聽見是他傳遞，碰在他心坎兒上，更兼剛纔挨了探春的打，受了侍書的氣，沒處發洩，聽見張家的這事，因攛掇鳳姐道：「這傳東西的事，關係更大。想來那些東西，自然也是傳遞進來的。奶奶倒不可不問。」鳳姐兒道：「我知道，不用你說。」於是別了惜春，方往迎春房內去。

迎春已經睡著了，丫鬟們也纔要睡，眾人叩門，半日纔開。鳳姐吩咐：「不必驚動姑娘。」遂往丫鬟們房裡來。因司棋㊿是王善保家的外孫女兒，鳳姐要看他家的可藏私不藏私，遂留神看他搜檢。先從別人箱子搜起，亦皆無別物。及到了司棋箱中，隨意掏了一會，王善保家的說：「也沒有甚麼東西。」纔要關箱時，周瑞家的道：「這是甚麼話？有沒有，總要一樣看看纔公道。」說著，便伸手掣出一雙男子的錦襪，並一雙緞鞋。又有一個小包袱，打開看時，裡面是一個同心如意，並一個字帖兒。一總遞與鳳姐。鳳姐因理家務久，每每看帖看賬，也頗識得幾個字了。那帖是大紅雙喜箋，便看上面寫道：

上月你來家後，父母已覺察你我之意。但姑娘未出閣⑬，尚不能完你我之心願。若園內可以相見，你可託張媽給一信息。若得在園內一見，倒比家來說話好。千萬，千萬！再所賜香珠二串，今已查收。外特寄香袋一個，略表我心。千萬收好。表弟潘又安拜具。

鳳姐看罷，不怒而反樂。別人並不識字。王善保家的，素日並不知道他姑表姊弟有這一節風流故事，見了這鞋襪，心內已是有些毛病。又見有一紅帖，鳳姐看著又笑，他便說道：「必是他們寫的賬目不成字，所以奶奶見笑。」鳳姐笑道：「正是，這個賬竟算不過來，你是司棋的老娘⑭，他的表弟也該姓王，怎麼又姓潘呢？」王善保家的見問得奇怪，只得勉強回道：「司棋的姑媽給了潘家，所以他姑表兄弟姓潘。上次逃走了的潘又安，就是他。」鳳姐笑道：「這就是了。」因說：「我念給你聽聽。」說著，從頭念了一遍，大家都嚇一跳。這王家的一心只要拏人的錯兒，不想反拏住他外孫女兒，他又氣又臊。周瑞家的四人聽見鳳姐兒念了，都吐舌頭搖頭兒。周瑞家的道：「王大媽聽見了！這是明明白白，再沒得話說了！這如今怎麼樣呢？」王家的只恨無地縫兒可鑽。鳳姐只瞅著他，抿著嘴兒嘻嘻的笑，向周瑞家的道：「這倒也好，不用他老娘操一點心兒。鴉雀不聞，就給他們弄了個好女婿來了。」周瑞家的也笑著湊趣兒，王家的無處煞氣55，只得打著自己的臉罵道：「老不死的娼婦，怎麼造下孽了！說嘴打嘴，現世現報。」眾人見他如此，要笑又不敢笑，也有趁願的，也有心中感動報應不爽56的。鳳姐見司棋低頭不語，也並無畏懼慚愧之意，倒覺可異。料此時夜深，且不必盤問，只怕他夜間自尋短志57，遂喚兩個婆子監守，且帶了人拏了贓證，回來歇息，等待明日料理。誰知夜裡下面淋血不止，次日便覺身體十分軟弱起來，遂掌不住。請醫診視，開方立案，說要保重而去。老嬤嬤們拏了方子，回過王夫人，不免又添一番愁悶，遂將司棋之事，暫且擱起。

可巧這日尤氏來看鳳姐，坐了一回，又看李紈等。忽見惜春遣人來請，尤氏到他房中，惜春便將昨夜之事，細細告訴了。又命人將入畫的東西，要來與尤氏過目。尤氏道：「實是你哥哥賞他哥哥的，只不該私自傳送，如今官鹽反成了私鹽了㊿。」因罵入畫：「糊塗東西！」惜春道：「你們管教不嚴，反罵丫頭。這些姊妹，獨我的丫頭沒臉，我如何去見人？昨兒叫鳳姐姐帶了他去又不肯，今日嫂子來的恰好，快帶了他去，或打或殺或賣，我一概不管。」入畫聽說，跪地哀求，百般苦告。尤氏和媽媽等人，也都十分解說：「他不過一時糊塗，下次再不敢的。看他從小兒伏侍一場。」誰知惜春年幼天性孤僻，任人怎說，只是咬定牙斷乎不肯留著，更又說道：「不但不要入畫，如今我也大了，連我也不便往你們那邊去的。況且近日聞得多少議論，我若再去，連我也編派。」尤氏道：「誰敢議論甚麼？又有甚麼可議論的？姑娘是誰？我們是誰？姑娘既聽見人議論我們，就該問著他纔是。」惜春冷笑道：「你這話問著我倒好。我一個姑娘家，只好躲是非的。我反尋是非，成個甚麼人了？況且古人說的，『善惡生死，父子不能有所勗助。』何況你我二人之間？我只能保住自己就彀了，以後你們有事，好歹別累我。」

尤氏聽說，又氣又好笑，因向地下眾人道：「怪道人人都說四姑娘年輕糊塗，我只不信，你們聽這些話，無原無故，又沒輕重，真真的叫人寒心。」眾人都勸說道：「姑娘年輕，奶奶自然該吃些虧的。」惜春冷笑道：「我雖年輕，這話卻不年輕。你們不看書，不識字，都是獃子，倒說我糊塗。」尤氏道：「你是狀元，第一個才子，我們糊塗人，不如你明白。」惜春道：「據你這話，就不明白。狀元難道沒有糊塗的？可知你們這些人，都是世俗之見，那裡眼裡識得真假，心裡分得出好歹來？你們要看真人，總在最初一步的心上想起，纔能明白呢！」尤氏笑道：「好，纔是才子，這會子又做大和尚，又講起參悟來了。」惜春道：「我也不是甚麼參悟，我看如今人一概也都是入畫一般，沒有甚麼大說頭兒。」尤氏道：「可知你真是個心冷嘴冷的人。」惜春道：「怎麼我不冷？我清清白白的一個人，為甚麼叫你們帶累壞了？」尤氏心內原有病，怕說這些話，聽說有人議論，已是心中著惱，只是今日惜春分上，不好發作，忍耐了大半天。今見惜春又說這話，因按捺不住，便問道：「怎麼就帶累了你？你的丫頭的不是，無故說我。我倒忍了這半日，你倒越發得了意，只管說這話。你是千金小姐，我們以後就不敢親近你，仔細些帶累了小姐的美名兒，即刻就叫人將入畫帶了過去。」說著，便賭氣起身去了。惜春道：「你這一去了，若果然不來，倒也省了口舌是非，大家倒還乾淨。」尤氏也不答應，一徑往前邊去了。

作者

曹雪芹，約生於清聖祖康熙五十三年，卒於清高宗乾隆二十七年（西元一七一五？年—西元一七六二年）。名霑，字雪芹，號芹溪，漢軍正白旗人。祖籍河北豐潤，後遷居遼東，及清兵入關，始入旗籍為「包衣」。曾祖曹璽、祖父曹寅、父曹頫三代世襲江寧織造，凡六十年之久。曹氏一家，甚得康熙寵眷。曹寅喜附庸風雅，生活奢華，好藏書，為康熙時名士。曹雪芹耳濡目染，自幼亦雅好文藝，讀書甚勤奮。清世宗雍正六年（西元一七二八年），曹頫因罪被黜，從此家道中落，雪芹亦以不善營謀，卒以窮愁潦倒終其一生。

《紅樓夢》原名《石頭記》，一稱《風月寶鑑》。全書以清初貴冑家庭為背景，寫賈府的興衰。又透過賈寶玉、林黛玉和薛寶釵的三角戀愛，敘兒女悲歡離合。篇中虛中有實，描寫生動細膩，在中國古典小説中，論結構的完整與佈局的細密，應推此作。此書流行海內外甚廣，幾已家喻户曉；近代更有學者以考據《紅樓夢》為專業者，稱為「紅學」，可見該書在文學史上的重要。曹雪芹死時。《紅樓夢》只寫成八十回，尚未完稿。後來到了乾隆（西元一七三六年——西元一七九六年）之世，高鶚續寫了四十回，合為一百二十回，便是今日所見的足本《紅樓夢》。

題解

本文選自三家評本《紅樓夢》第七十四回「惑奸讒抄檢大觀園　避嫌隙杜絶寧國府」，是整部《紅樓夢》故事發展的一個轉捩點。

本回以傻大姐誤拾繡春香囊所引起的「抄檢大觀園事件」為主線，把榮國府中王、邢兩家長期爭權奪利的現象表露無遺，同時也揭示了顯赫一時的賈府由盛轉衰的關鍵。在抄檢大觀園的過程中，作者生動地刻劃了賈府上下各種人物的性格和形象：王夫人的胡塗、王熙鳳的老練、探春的好勝、晴雯的倔強和平兒的機警，都細緻地展現在讀者眼前。

注釋

①平兒聽迎春：平兒，王熙鳳陪房丫頭，賈璉侍妾。迎春，榮國府賈赦之女，賈府二小姐，生母是妾。

②寶玉：《紅樓夢》的男主角。賈母之孫，榮國府賈政之子，賈元春之弟，母為王夫人。與表妹林黛玉相愛。黛玉死後，出家為僧。

③柳家媳婦：榮國府內廚房女傭。

④放頭：聚賭作頭家。

⑤鳳姐：即王熙鳳，俗呼鳳姐，諢稱鳳辣子。寶玉之母王夫人內侄女，賈璉之妻。賈政和王夫人將總管家務之事交給賈璉和王熙鳳，賈璉則完全受制於王熙鳳，故王熙鳳成為榮國府的實際當家人。

⑥怡紅院：大觀園中賈寶玉住所。

⑦晴雯：怡紅院丫環。賈母喜其伶俐標緻，把她賞給寶玉。

⑧芳官：大觀園中十二女伶之一，深得寶玉喜愛。

⑨嬷嬷：嬷，同媽。嬷嬷，老年婦女的通稱，這裡指稱乳母。

⑩纍金鳳：首飾名，攢珠纍絲金鳳的簡稱，也稱為金絲鳳、金纍絲鳳。

⑪玉杜兒媳婦：迎春乳母的兒媳婦。
⑫口內超生：超生，救命。迎春的乳母聚眾賭博輸了錢，便將迎春的首飾纍金鳳私拿去當了錢做賭資，後被查出，由平兒處理，故玉桂兒媳婦向平兒求情平息此事。
⑬三姑娘：指探春，賈政之女，趙姨娘所生，賈府小姐。
⑭好好先生：指不問是非曲直，一團和氣，只求相安無事之人。
⑮賈璉：賈赦之子，王熙鳳之夫，總管榮國府家務。
⑯鴛鴦：賈母房中丫環，甚受賈母信任，又深得上下各式人等的好感和尊重。
⑰老太太：指賈母。她是金陵世勳史侯之女，榮國公長子賈代善之妻，賈赦、賈政之母。
⑱傻大姐：替賈母做粗活的丫頭。
⑲詳情度理：揣摩分析情況之意。
⑳旺兒媳婦：榮國府女僕，王熙鳳陪房。陪房指隨嫁的婢僕。
㉑王夫人：榮國府賈政之妻，賈寶玉之母。
㉒十錦春意香袋：繡有男女赤裸相抱圖案的五彩香囊。
㉓姨娘：對父輩之妾的稱呼。
㉔嫣紅、翠雲：二人均為賈赦的小妾。
㉕珍大嫂子：指寧國府賈珍之妻。賈珍代其父賈敬襲封寧國公。
㉖佩鳳：賈珍的妾。
㉗周瑞媳婦：又稱周瑞家的，賈府僕人周瑞之妻，王夫人陪房，是一個頗有地位、權力的女傭。
㉘咬牙難纏：指好爭鬥，調皮搗蛋。
㉙吳興家的、鄭華家的、來旺家的、來喜家的：四人都是賈府女僕，王夫人陪房。
㉚邢夫人：榮國府賈赦之妻。

㉛故事：指可以當做整治人家借口的事。
㉜林妹妹：即林黛玉，《紅樓夢》女主角之一，賈母外孫女，寶玉表妹。
㉝襲人、麝月：襲人，原是賈母之婢，後給了寶玉，是寶玉身邊一個重要侍婢。麝月，怡紅院丫頭，在寶玉身邊地位僅次襲人。
㉞鬢鬆：髮髻鬆散。
㉟形容：模樣。
㊱寶釵：即薛寶釵，《紅樓夢》女主角之一。王夫人的妹妹薛姨媽之女，年幼喪父，隨母兄暫居賈府。長於賈寶玉，因又稱寶姐姐。後被賈府選中，與寶玉成婚。
㊲徑：直的意思。
㊳瀟湘館：大觀園中林黛玉的住所。
㊴紫鵑：林黛玉房中丫頭。與黛玉名為主奴，實兩人情同手足，相依為命，形影不離。
㊵寄名符兒：古時迷信，恐小兒夭折，常寄名於道觀為徒，道士所授之符籙，稱寄名符。
㊶一副束帶上的帔帶：束帶，即腰帶，束在袍的外面。帔帶，束帶上的裝飾物。帔㊉pèi㊀ㄆㄟˋ音佩。
㊷荷包：佩飾名，一種扁圓形繡花小袋。
㊸媽媽：對老年婦女的稱呼。
㊹侍書：探春丫環。
㊺作耗：任性胡為。
㊻暖香塢：大觀園中賈惜春的住所。塢㊉wù㊀ㄨˋ音勿。
㊼李紈：榮國府賈政和王夫人的大兒媳婦，賈珠之妻。賈珠死後，李紈在賈家守寡。紈㊉wán㊀ㄨㄢˊ音完。

㊽惜春：賈府四小姐。寧國府賈敬之女，賈珍胞妹。
㊾入畫：惜春丫環。
㊿銀錁子：金銀鑄成的小錠，形狀像小饅頭。
51玉帶板子：古代官僚腰帶上所嵌的裝飾玉板。
52司棋：惜春丫環。
53出閣：女子出嫁為出閣。
54老娘：指外祖母。
55煞氣：出氣。
56不爽：不差。
57自尋短志：即自尋短見。
58如今官鹽反成了私鹽了：由國家運銷已繳納鹽稅的食鹽稱為官鹽，若私運食鹽以逃避納稅則稱為私鹽。

鏡花緣・女兒國 節錄

李汝珍

行了幾日，到了女兒國。船隻泊岸。多九公來約唐敖上去遊玩。唐敖因聞得太宗命唐三藏西天取經，路過女兒國，幾乎被國王留住，不得出來，所以不敢登岸。多九公笑道：「唐兄慮的固是。但這女兒國非那女兒國可比。若是唐三藏所過女兒國，不獨唐兄不應上去，就是林兄明知貨物得利，也不敢冒昧上去。此地女兒國卻另有不同：歷來本有男子，也是男女配合，與我們一樣。其所異於人的，男子反穿衣裙，作為婦人，以治內事；女子反穿靴帽，作為男人，以治外事。男女雖亦配偶，內外之分，卻與別處不同。」唐敖道：「男為婦人，以治內事，面上可用脂粉？兩足可須纏裹？」林之洋道：「聞得他們最喜纏足，無論大家小戶，都以小腳為貴；若講脂粉，更是不能缺的。幸虧俺①生天朝，若生這裡，也教俺裹腳，那才坑死人哩！」因從懷中取出一張貨單道：「妹夫，你看：上面貨物就是這裡賣的。」唐敖接過，只見上面所開脂粉、梳篦等類，盡是婦女所用之物。看罷，將單遞還道：「當日我們嶺南②起身，查點貨物，小弟見這物件帶的過多，甚覺不解，今日才知卻是為此。單內既將貨物開明，為何不將價錢寫上？」林之洋道：「海外賣貨，怎肯預先開價，須看他缺了那樣，俺就那樣貴。臨時見景生情，卻是俺們飄洋討巧③處。」唐敖道：「此處雖有女兒國之名，並非純是婦人，為何要買這些物件？」多九公道：「此地向來風俗，自國王以至庶民，諸事儉樸；就只有個毛病，最喜打扮婦人。無論貧富，一經講到婦人穿戴，莫不興致勃勃，那怕手頭拮据④，也要設法購求。林兄素知此處風氣，特帶這些貨物來賣。這個貨單拿到大戶人家，不過三兩日就可批完，臨期兌銀發貨。雖不能如長人國⑤、小人國⑥大獲其利，看來也不止兩三倍利息。」唐敖道：「小弟當日見古人書上有『女治外事，男治內事』一說，以為必無其事；那知今日竟得親到其地。這樣異鄉，定要上去領略領略風景。舅兄今日滿面紅光，必有非常喜事，大約貨物定是十分得彩，我們又要暢飲喜酒了。」林之洋道：「今日有兩隻喜鵲，只管朝俺亂噪；又有一對喜蛛，巧巧落俺腳上：只怕又像燕窩那樣財氣⑦，也不可知。」拿了貨單，滿面笑容去了。

唐敖同多九公登岸進城，細看那些人，無老無少，並無鬍鬚；雖是男裝，卻是女音；兼之身段瘦小，嬝嬝婷婷。唐敖道：「九公，你看：他們原是好好婦人，卻要裝作男人，可謂矯揉造作了。」多九公笑道：「唐兄：你是這等說；只怕他們看見我們，也說我們放著好好婦人不做，卻矯揉造作，充作男人哩。」唐敖點頭道：「九公此話不錯。俗話說的：『習慣成自然。』我們看他雖覺異樣，無如他們自古如此；他們看見我們，自然也以我們為非。此地男子如此，不知婦人又是怎樣？」多九公暗向旁邊指道：「唐兄：你看那個中年老嫗，拿著針線做鞋，豈非婦人麼？」唐敖看時，那邊有個小戶人家，門內坐著一個中年婦人：一頭青絲黑髮，油搽的雪亮，真可滑倒蒼蠅；頭上梳一盤龍鬏兒⑧，鬢旁許多珠翠，真是耀花人眼睛；耳墜八寶金環；身穿玫瑰紫的長衫，下穿蔥綠裙兒；裙下露著小小金蓮，穿一雙大紅繡鞋，剛剛只得三寸；伸著一雙玉手，十指尖尖，在那裡繡花；一雙盈盈秀目，兩道高高蛾眉，面上許多脂粉；再朝嘴上一看，原來一部鬍鬚，是個絡腮鬍子！看罷，忍不住撲嗤笑了一聲。那婦人停了針線，望著唐敖喊道：「你這婦人，敢是笑我麼？」這個聲音，老聲老氣，倒像破鑼一般，把唐敖嚇的拉著多九公朝前飛跑。那婦人還在那裡大聲說道：「你面上有鬚，明明是個婦人；你卻穿衣戴帽，混充男人！你也不管男女混雜！你明雖偷看婦女，你其實要偷看男人。你這臊貨！你去照照鏡子，——你把本來面目都忘了！你這蹄子，也不怕羞！你今日幸虧遇見老娘；你若遇見別人，把你當作男人偷看婦女，只怕打個半死哩！」唐敖聽了，見離婦人已遠，因向九公道：「原來此處語音卻還易懂。聽他所言，果然竟把我們當作婦人。他才罵我『蹄子』：大約自有男子以來，未有如此奇罵，這可算得『千古第一罵』。我那舅兄上去，但願他們把他當作男人才好。」多九公道：「此話怎講？」唐敖道：「舅兄本來生的面如傅粉；前在厭火國⑨，又將鬍鬚燒去，更顯少壯；他們要把他當作婦人，豈不耽心麼？」多九公道：「此地國人向待鄰邦最是和睦，何況我們又從天朝[10]來的，更要格外尊敬。唐兄只管放心。」

作者

李汝珍，生於清高宗乾隆二十八年，卒於清宣宗道光八年（西元一七六三年——西元一八二八年）。字松石，直隸大興（今屬北京）人。生性豪邁，不習時文，故於科舉功名，無所成就，曾任河南縣丞。精通音韻，性喜雜學。

李汝珍以小說《鏡花緣》名於世。他以鏡中花、水中月來比喻理想世界之虛無。書中揄揚女子的才能，對重男輕女的傳統，予以諷刺。小說的後半部雜有大量經學考據資料與文字音韻學知識，可見他博學多聞，才思廣遠。另著有《李氏音鑑》五卷。

題解

本文節選自長篇章回小說《鏡花緣》第三十二回「訪籌算暢遊智佳國　觀豔妝閒步女兒

鄉」，版本據張友鶴校注《鏡花緣》，現有標題是編者所加。《鏡花緣》成書於清仁宗嘉慶年間（西元一七九六年——西元一八二〇年），是一部譏諷世情的幻想小說，共一百回，故事以唐武則天的時代為背景。小說先寫百花獲譴，百人會試赴宴的故事，然後寫秀才唐敖等海外奇遇，最後以武后敗亡作結。

女兒國是小說中最精彩的篇章之一，李汝珍對其著墨也最多，用了五回半去描寫一個與現實社會「男主外，女主內」、「男尊女卑」完全不同的地方，該國以女性為核心，構思新穎，文字風趣。

注釋

① 俺：我。俺㊥ ǎn ㊀ ㄢˇ 音安上聲。

② 嶺南：唐置嶺南道，在今廣州，轄境相當於今廣東、廣西大部及越南北部地區。小說中的唐敖、林之洋皆為嶺南道循州河源縣（今屬廣東）人。

③ 討巧：取巧。機智地看準情勢，以巧妙手法獲取更多利益。

④ 拮据：缺錢、無錢，境況窘迫。拮据㊥ jié jū ㊀ ㄐㄧㄝˊ ㄐㄩ 音潔居。

⑤ 長人國：小說中的海外諸國之一，因國人身長而得名。

⑥小人國：小說中的海外諸國之一，因國人身段矮小而得名。

⑦燕窩那樣財氣：第十二回遊歷君子國時，國人曾賞商船上水手燕窩十擔，水手食後誤作粉條，林之洋以粉條價將其買下，僅用了幾貫錢，回國後獲利之厚可想而知。

⑧盤龍鬏兒：把頭髮編成辮子，盤在頭上，是一種女人髮式。鬏 漢 jiū 國 ㄐㄧㄡ 音糾。

⑨厭火國：小說中的海外諸國之一，其國人口能吐火，故名。

⑩天朝：天子之朝廷，指唐朝。

中國文學古典精華參考書目（依朝代先後排列）

①〔春秋〕左丘明撰、上海師範大學古籍整理組校點《國語》。上海：上海古籍出版社。一九七八。
②〔春秋〕管仲撰、〔唐〕房玄齡注《管子》。台北：台灣中華書局。一九六六。
③〔戰國〕尸佼著《尸子》。台北：世界書局。一九五八。
④〔戰國〕屈原等撰、〔漢〕劉向集、〔漢〕王逸章句、〔宋〕洪興祖補注《楚辭補注》。北京：中華書局。一九八三。
⑤〔戰國〕慎到撰、〔清〕錢熙祚校輯《慎子》。台北：世界書局。一九三五。
⑥〔漢〕司馬遷撰、〔南朝宋〕裴駰集解、〔唐〕司馬貞索隱、〔唐〕張守節正義《史記》。北京：中華書局。一九九四。
⑦〔漢〕桓譚撰、〔清〕嚴可均輯《新論》。成都：四川人民出版社。一九九七。
⑧〔漢〕班固撰、〔唐〕顏師古注《漢書》。北京：中華書局。一九九六。
⑨〔漢〕班固撰《漢武帝內傳》。上海：上海古籍出版社。一九九一。
⑩〔漢〕許慎撰、〔清〕段玉裁注《說文解字注》。上海：上海書店。一九九二。
⑪〔漢〕揚雄撰、汪榮寶義疏《法言義疏》。北京：中華書局。一九九七。
⑫〔漢〕劉安編著、劉文典撰《淮南鴻烈集解》。北京：中華書局。一九九七。
⑬〔漢〕劉熙撰《釋名》。台北：國民出版社。一九五九。
⑭〔魏〕王粲撰、俞紹初校點《王粲集》。北京：中華書局。一九八〇。

⑮〔魏〕吳普等撰《神農本草經》。台北：台灣中華書局。一九七六。
⑯〔魏〕阮籍撰、陳伯君校注《阮籍集校注》。北京：中華書局。一九八七。
⑰〔魏〕曹植撰、〔清〕丁晏纂《曹集詮評》。台北：廣文書局。一九六一。
⑱〔魏〕曹操、曹丕撰、黃節注《魏武帝魏文帝詩注》。北京：人民文學出版社。一九五八。
⑲〔魏〕曹操撰《曹操集》。香港：中華書局。一九七三。
⑳〔晉〕干寶撰、汪紹楹校注《搜神記》。北京：中華書局。一九七九。
㉑〔晉〕王嘉撰、〔梁〕蕭綺錄《拾遺記》。北京：中華書局。一九八一。
㉒〔晉〕王羲之撰《王右軍集》。台北：台灣學生書局。一九七一。
㉓〔晉〕周處撰《風土記》。（出版資料不詳）
㉔〔晉〕常璩撰《華陽國志》。台北：台灣中華書局。一九六九。
㉕〔晉〕張載撰《張孟陽集》。上海：掃葉山房。一九一七。
㉖〔晉〕郭象注、〔唐〕陸德明音義《宋刊南華真經》。上海：涵芬樓。一九二九。
㉗〔晉〕陳壽撰、〔南朝宋〕裴松之注《三國志》。北京：中華書局。一九九五。
㉘〔晉〕陶潛撰、龔斌校箋《陶淵明集校箋》。上海：上海古籍出版社。一九九六。
㉙〔晉〕陶潛撰《靖節先生集》。香港：中華書局。一九七三。
㉚〔晉〕葛洪撰《抱朴子》。台北：台灣商務印書館。一九七九。
㉛〔南朝宋〕范曄撰、〔唐〕李賢等注《後漢書》。北京：中華書局。一九六五。
㉜〔南朝宋〕劉義慶撰、余嘉錫箋疏《世說新語箋疏》。北京：中華書局。一九八三。
㉝〔南朝宋〕劉義慶撰、鄭晚晴輯注《幽明錄》。北京：文化藝術出版社。一九八八。
㉞〔南朝宋〕鮑照撰、錢仲聯校注《鮑參軍集注》。上海：上海古籍出版社。一九八〇。
㉟〔南朝宋〕謝靈運撰、黃節注《謝康樂詩注》。北京：人民文學出版社。一九五八。

㊱〔南齊〕謝朓撰、郝立權注《謝宣城詩注》。台北：藝文印書館。一九七一。
㊲〔梁〕丘遲撰《丘司空集》。上海：掃葉山房。一九一七。
㊳〔梁〕任昉撰《述異記》。上海：掃葉山房。一九二五。
㊴〔梁〕沈約撰《宋書》。北京：中華書局。一九七四。
㊵〔梁〕周興嗣撰、汪嘯尹纂集、孫謙益參注《千字文釋義》。北京：中國書店。一九九一。
㊶〔梁〕徐陵輯、〔清〕吳兆宜箋注《玉臺新詠》。北京：中國書店。一九八六。
㊷〔梁〕蕭子顯撰《南齊書》。北京：中華書局。一九七二。
㊸〔梁〕蕭統編、〔唐〕李善注《文選》。上海：上海古籍出版社。一九九四。
㊹〔北魏〕酈道元注、〔清〕王先謙校《王氏合校水經注》。上海：中華書局。一九三六。
㊺〔北齊〕顏之推撰、王利器集解《顏氏家訓集解》。上海：上海古籍出版社。一九八〇。
㊻〔北周〕庾信撰、〔清〕倪璠注《庾子山集注》。北京：中華書局。一九八〇。
㊼〔唐〕王定保撰《唐摭言》。上海：上海古籍出版社。一九七八。
㊽〔唐〕王昌齡撰、黃明校編《王昌齡詩集》。江西：人民出版社。一九八一。
㊾〔唐〕王勃撰、王雲五主編《王子安集》。長沙：商務印書館。一九三七。
㊿〔唐〕王維撰、〔清〕趙殿成箋注《王右丞集箋注》。香港：中華書局。一九七二。
(51)〔唐〕令狐德棻撰《周書》。北京：中華書局。一九七一。
(52)〔唐〕白居易撰、顧學頡校點《白居易集》。北京：中華書局。一九七九。
(53)〔唐〕岑參撰、陳鐵民、侯忠義校注《岑參集校注》。上海：上海古籍出版社。一九八一。
(54)〔唐〕李白撰、〔清〕王琦注《李太白全集》。北京：中華書局。一九九〇。
(55)〔唐〕李延壽撰《北史》。北京：中華書局。一九七四。
(56)〔唐〕李延壽撰《南史》。北京：中華書局。一九七五。

57（唐）李益撰、王亦軍、裴豫敏編注《李益集注》。甘肅：人民出版社。一九八九。
58（唐）李商隱撰、（清）馮浩箋注《玉溪生詩箋注》。上海：上海古籍出版社。一九七九。
59（唐）李紳撰、王旋伯注《李紳詩注》。上海：上海古籍出版社。一九八五。
60（唐）李華撰《李嶷叔文集》。台北：台灣商務印書館。一九七二。
61（唐）李肇等撰《唐國史補》。上海：上海古籍出版社。一九七九。
62（唐）李綽撰《尚書故實》。上海：上海古籍出版社。一九八七。
63（唐）杜佑撰、王文錦、王永興等點校《通典》。北京：中華書局。一九八八。
64（唐）杜甫撰、（清）仇兆鰲詳注《杜詩詳註》。北京：中華書局。一九七九。
65（唐）杜牧撰、（清）馮集梧注《樊川詩集注》。北京：中華書局。一九六二。
66（唐）杜牧撰《樊川文集》。上海：上海古籍出版社。一九七八。
67（唐）孟郊撰、華忱之、喻學才校注《孟郊詩集校注》。北京：人民文學出版社。一九九五。
68（唐）孟浩然撰《孟浩然詩集》。上海：上海古籍出版社。一九八二。
69（唐）孟棨撰《本事詩》。上海：古典文學出版社。一九五七。
70（唐）房玄齡等撰《晉書》。北京：中華書局。一九七四。
71（唐）姚思廉撰《梁書》。北京：中華書局。一九七三。
72（唐）柳宗元撰《河東先生集》。上海：商務印書館。一九二九。
73（唐）段成式撰、方南生點校《酉陽雜俎》。北京：中華書局。一九八一。
74（唐）范攄撰《新校雲溪友議》。台北：世界書局。一九六二。
75（唐）殷璠撰《河嶽英靈集》。上海：商務印書館。一九一九。
76（唐）秦韜玉撰、李之亮注《秦韜玉詩注》。上海：上海古籍出版社。一九八九。
77（唐）高適撰、劉開揚注《高適詩集編年箋註》。北京：中華書局。一九八一。

⑦⑧（唐）崔顥撰、萬竟君注《崔顥詩注》。上海：上海古籍出版社。一九八二。

⑦⑨（唐）張九齡撰、王雲五編《曲江集》。台北：台灣商務印書館。一九七三。

⑧⓪（唐）陳子昂撰、徐鵬校《陳子昂集》。北京：中華書局。一九六〇。

⑧①（唐）陳鴻撰《長恨歌傳》。石門：大酉山房。一七九四。

⑧②（唐）賈島撰《長江集》。台北：台灣中華書局。一九六六。

⑧③（唐）劉知幾撰、（清）浦起龍釋《史通通釋》。上海：上海古籍出版社。一九七八。

⑧④（唐）劉禹錫撰、瞿蛻園箋證《劉禹錫集箋證》。上海：上海古籍出版社。一九八九。

⑧⑤（唐）歐陽詢撰、汪紹楹校《藝文類聚》。上海：上海古籍出版社。一九八二。

⑧⑥（唐）錢起撰、阮廷瑜校注《錢起詩集校注》。台北：新文豐出版股份有限公司。一九九六。

⑧⑦（唐）韓愈撰《韓昌黎全集》。台北：新興書局。一九五六。

⑧⑧（唐）魏徵等撰《隋書》。北京：中華書局。一九七三。

⑧⑨（五代）王仁裕等撰《開元天寶遺事十種》。上海：上海古籍出版社。一九八五。

⑨⓪（五代）李璟、李煜撰、廣文編譯所評注《評注南唐二主詞》。台北：廣文書局。一九六一。

⑨①（五代）韋莊撰、向迪琮校訂《韋莊集》。北京：人民文學出版社。一九五八。

⑨②（五代）韋應物撰《韋蘇州集》。台北：台灣中華書局。一九六六。

⑨③（五代）馮延巳撰、黃畬校注《陽春集校注》。天津：天津古籍出版社。一九九三。

⑨④（五代）趙崇祚輯、蕭繼宗評點校注《花間集》。台灣：學生書局。一九八一。

⑨⑤（後晉）劉昫等撰《舊唐書》。北京：中華書局。一九八六。

⑨⑥（宋）文天祥撰、（明）鄢懋卿編次《文山先生全集》。上海：商務印書館。一九三六。

⑨⑦（宋）王安石撰、（宋）李壁箋注《王荊文公詩箋注》。上海：中華書局。一九五八。

⑨⑧（宋）王安石撰《臨川先生文集》。上海：商務印書館。一九三三。

⑲（宋）王楙撰、王文錦點校《野客叢書》。北京：中華書局。一九八七。

⑽（宋）司馬光撰、（元）胡三省注《資治通鑑》。北京：中華書局。一九六三。

⑽（宋）朱熹集注《四書章句集注》。北京：中華書局。一九九六。

⑽（宋）朱熹撰《詩集傳》。香港：中華書局。一九八七。

⑽（宋）朱熹撰《朱子大全》。上海：中華書局。一九三六。

⑽（宋）吳文英撰《夢窗詞》。台北：世界書局。一九六七。

⑽（宋）李昉等編《太平廣記》。北京：中華書局。一九六一。

⑽（宋）李昉等編《文苑英華》。北京：中華書局。一九六六。

⑽（宋）李清照撰、王學初校注《李清照集校注》。北京：人民文學出版社。一九七九。

⑽（宋）沈括撰、胡道靜校注《夢溪筆談校證》。上海：古典文學出版社。一九五七。

⑽（宋）辛棄疾撰、鄧廣銘箋注《稼軒詞編年箋注》。上海：上海古籍出版社。一九七八。

⑾（宋）周邦彥撰、（明）陳元龍注《片玉集注》。台北：世界書局。一九六二。

⑾（宋）周敦頤撰《周子全書》。台北：廣學社印書館。一九七五。

⑾（宋）林逋撰《林和靖詩集》。台北：台灣商務印書館。一九三九。

⑾（宋）姜夔撰、夏承燾箋校《姜白石詞編年箋校》。上海：上海古籍出版社。一九八一。

⑾（宋）柳永撰、朱孝臧校《樂章集》。台北：世界書局。一九六九。

⑾（宋）范仲淹撰《范文正公文集》。上海：商務印書館。一九三七。

⑾（宋）范成大撰、中華書局上海編輯所編輯《范石湖集》。上海：中華書局。一九六二。

⑾（宋）晏殊撰、林大椿校《珠玉詞》。上海：商務印書館。一九三五。

⑾（宋）晏幾道撰、林大椿校《小山詞》。上海：商務印書館。一九三〇。

⑾（宋）秦觀撰、王輝曾箋注《淮海詞箋注》。北京：中國書店。一九八五。

⑳〔宋〕張元幹撰《蘆川歸來集》。上海：上海古籍出版社。一九七八。
㉑〔宋〕張先撰《張子野詞》。台北：台灣中華書局。一九六六。
㉒〔宋〕張君房撰《麗情集》。石家莊：河北教育出版社。一九九五。
㉓〔宋〕張孝祥撰、宛敏灝箋校《張孝祥詞箋校》。合肥：黃山書社。一九九三。
㉔〔宋〕張炎撰、黃畬校箋《山中白雲詞箋》。浙江：浙江古籍出版社。一九九四。
㉕〔宋〕張端義撰《貴耳集》。北京：中華書局。一九五八。
㉖〔宋〕梅堯臣撰、朱東潤編注《梅堯臣集編年校注》。上海：上海古籍出版社。一九八〇。
㉗〔宋〕郭茂倩編《樂府詩集》。北京：中華書局。一九九六。
㉘〔宋〕陳起編《江湖小集》。上海：上海古籍出版社。一九八七。
㉙〔宋〕陸游撰、夏承燾、吳熊和注《放翁詞編年箋注》。上海：上海古籍出版社。一九八一。
㉚〔宋〕陸游撰、錢仲聯校注《劍南詩稿校注》。上海：上海古籍出版社。一九八五。
㉛〔宋〕曾鞏撰、陳杏珍、晁繼周點校《曾鞏集》。北京：中華書局。一九八四。
㉜〔宋〕曾鞏撰《南豐先生元豐類稿》。台北：台灣中華書局。一九六六。
㉝〔宋〕賀鑄撰、黃啟方箋注《東山詞箋注》。台北：嘉新水泥公司文化基金會。一九六九。
㉞〔宋〕黃昇編選《花庵詞選》。香港：中華書局。一九六二。
㉟〔宋〕黃庭堅撰《山谷全集》。台灣：中華書局。一九六六。
㊱〔宋〕楊萬里撰《誠齋詩集》。台灣：中華書局。一九六六。
㊲〔宋〕劉克莊撰、錢仲聯箋注《後村詞箋注》。上海：上海古籍出版社。一九八〇。
㊳〔宋〕劉克莊編集、胡問農、王皓叟校注《後村千家詩校注》。貴陽：人民出版社。一九八六。
㊴〔宋〕歐陽修撰、李偉國校點《六一詞》。上海：上海古籍出版社。一九八六。
㊵〔宋〕歐陽修、宋祁等撰《新唐書》。北京：中華書局。一九七五。

⑭〔宋〕歐陽修撰、楊家駱主編《歐陽修全集》。台灣：世界書局。一九六三。
⑭〔宋〕蘇軾撰、孔凡禮點校《蘇軾文集》。北京：中華書局。一九九〇。
⑭〔宋〕蘇軾撰、曹樹銘校編《蘇東坡詞》。台北：台灣商務印書館。一九八三。
⑭〔宋〕釋文瑩撰《宋本湘山野錄》。上海：有正書局。一九一七。
⑭〔金〕元好問撰、姚尊中主編《元好問全集》。山西：山西人民出版社。一九九〇。
⑭〔元〕王實甫撰、吳曉鈴校註《西廂記》。香港：中華書局。一九八四。
⑭〔元〕姚燧撰《姚文公牧庵集》。北京：書目文獻出版社。一九八八。
⑭〔元〕施惠撰《拜月亭》。長春：吉林文史出版社。一九九七。
⑭〔元〕馬致遠撰、瞿鈞注《東籬樂府全集》。天津：天津古籍出版社。一九九〇。
⑮〔元〕高明撰、錢南揚校注《元本琵琶記校注》。上海：上海古籍出版社。一九八〇。
⑮〔元〕張可久撰、呂薇芬、楊鐮校注《張可久集校注》。浙江：浙江古籍出版社。一九九五。
⑮〔元〕張養浩撰《雲莊樂府》。長沙：商務印書館。一九四一。
⑮〔元〕郭居敬撰、王照編注《二十四孝》。香港：星輝圖書。一九九二。
⑮〔元〕薩都剌撰《雁門集》。上海：上海古籍出版社。一九八二。
⑮〔元〕關漢卿撰、王學奇等校注《關漢卿全集校注》。石家莊：河北教育出版社。一九九〇。
⑮〔明〕王冕撰《竹齊詩集》。台灣：學生書局。一九七〇。
⑮〔明〕吳承恩撰《西遊記》。香港：中華書局。一九七四。
⑮〔明〕吳偉業撰《梅村詩集》。台北：台灣商務印書館。一九六八。
⑮〔明〕宋濂等撰《元史》。北京：中華書局。一九七六。
⑯〔明〕宋濂撰《宋文憲公全集》。台灣：中華書局。一九六六。
⑯〔明〕李時珍編《本草綱目》。台北：台灣商務印書館。一九六八。

162 〔明〕施耐庵撰《容與堂本水滸傳》。上海：中華書局上海編輯所、上海古籍出版社。一九八八。
163 〔明〕胡應麟撰《詩藪》。上海：上海古籍出版社。一九七九。
164 〔明〕夏完淳撰《夏完淳集》。上海：中華書局。一九五九。
165 〔明〕袁宏道撰、錢伯城箋校《袁宏道集箋校》。上海：上海古籍出版社。一九八一。
166 〔明〕張溥撰《七錄齋詩文合集》。台北：偉文圖書出版社。一九七七。
167 〔明〕陳子龍撰、施蟄存、馬祖熙標點《陳子龍詩集》。上海：上海古籍出版社。一九八三。
168 〔明〕陶宗儀撰《説郛》。上海：上海古籍出版社。一九九四。
169 〔明〕湯顯祖撰、徐朔方、楊笑梅校注《牡丹亭》。北京：中華書局。一九六五。
170 〔明〕馮夢龍編、嚴敦易校注《警世通言》。北京：人民文學出版社。一九五六。
171 〔明〕劉基撰《誠意伯文集》。上海：商務印書館。一九三六。
172 〔明〕歸有光撰、周本淳校點《震川先生集》。上海：上海古籍出版社。一九八一。
173 〔明〕羅貫中撰《三國演義》。北京：人民文學出版社。一九七二。
174 〔清〕孔尚任撰、王季思注《桃花扇》。北京：人民文學出版社。一九五九。
175 〔清〕毛先舒撰《詞學全書》。世德堂。一七四六。
176 〔清〕王士禛撰、〔清〕惠棟、金榮注、伍銘點校整理、聿甫修訂《漁洋精華錄集注》。山東：齊魯書社。一九七二。
177 〔清〕王先謙撰、沈嘯寰、王星賢點校《荀子集解》。北京：中華書局。一九九六。
178 〔清〕王先謙撰《莊子集解》。北京：中華書局。一九五四。
179 〔清〕王奕清等纂修《欽定詞譜》。北京：中國書店。一九七九。
180 〔清〕永瑢、紀昀等編纂《四庫全書總目提要》。台北：台灣商務印書館。一九七一。
181 〔清〕全祖望撰、史夢蛟校《鲒埼亭集》。上海：商務印書館。一九三六。

⒅〔清〕朱彝尊撰《曝書亭集》。台北：台灣中華書局。一九六六。
⒅〔清〕何文煥輯《歷代詩話》。北京：中華書局。一九九七。
⒅〔清〕吳敬梓撰、李漢秋輯校《儒林外史會校會評本》。上海：上海古籍出版社。一九八四。
⒅〔清〕呂留良、吳之振等編《宋詩鈔》。上海：商務印書館。一九三五。
⒅〔清〕李汝珍撰、張友鶴校注《鏡花緣》。北京：人民文學出版社。一九七九。
⒅〔清〕李欽皖、馮桂芬等修纂《蘇州府志》。台北：成文出版社。一九七〇。
⒅〔清〕阮元校刻《十三經注疏》。台北：世界書局。一九三五。
⒅〔清〕姚鼐撰《惜抱軒全集》。台灣：世界書局。一九六〇。
⒆〔清〕姚鼐編纂《古文辭類纂》。北京：中國書店。一九八六。
⒆〔清〕紀昀主編《欽定四庫全書》。上海：上海古籍出版社。一九八七。
⒆〔清〕紀昀撰《閱微草堂筆記》。台北：新興書局。一九五六。
⒆〔清〕孫希旦撰《禮記集解》。上海：商務印書館。一九三三。
⒆〔清〕孫貽讓撰《墨子閒詁》。上海：商務印書館。一九三六。
⒆〔清〕納蘭性德撰《通志堂集》。上海：上海古籍出版社。一九七九。
⒆〔清〕郝懿行箋疏《山海經箋疏》。台北：藝文印書館。一九五九。
⒆〔清〕張廷玉等撰《明史》。北京：中華書局。一九七四。
⒆〔清〕張潮撰《虞初新志》。上海：掃葉山房。一九三一。
⒆〔清〕曹雪芹、高鶚撰、〔清〕護花主人、大某山民、太平閒人評《三家評本紅樓夢》。上海：上海古籍出版社。一九八八。
⒇〔清〕畢沅重校《三輔黃圖》。台北：成文出版社。一九七〇。
⒇〔清〕盛弘之撰《荊州記》。（出版資料不詳）

202 〔清〕郭慶藩集釋《莊子集釋》。北京：中華書局。一九八二。
203 〔清〕章學誠撰《文史通義》。北京：中華書局。一九六一。
204 〔清〕湯球輯《漢晉春秋輯本》。上海：商務印書館。一九三七。
205 〔清〕焦循撰《孟子正義》。北京：中華書局。一九九六。
206 〔清〕賀興思《三字經注解備要》。廣百宋齋藏板。
207 〔清〕黃之雋等編纂《江南通志》。台北：京華書局。一九六七。
208 清聖祖御製、〔清〕曹寅、彭定求編修《全唐詩》。北京：中華書局。一九八五。
209 〔清〕董誥等編《全唐文》。上海：上海古籍出版社。一九九〇。
210 〔清〕厲鶚撰《宋詩紀事》。台北：台灣商務印書館。一九六八。
211 〔清〕龔自珍撰《龔自珍全集》。上海：人民出版社。一九七五。
212 中國戲曲研究院編校《中國古典戲曲論著集成》。北京：中華戲曲出版社。一九八〇。
213 王季思主編《全元戲曲》。北京：人民文學出版社。一九九〇。
214 北京大學古文獻研究所編、傅璇琮主編《全宋詩》第一至第十四冊。北京：北京大學出版社。一九九一——一九九三。
215 全明詩編纂委員會編《全明詩》。上海：上海古籍出版社。一九九〇。
216 吳毓江撰《墨子校注》。北京：中華書局。一九九三。
217 杜松柏編著《尚書類聚初集》。台北：新文豐出版股份有限公司。一九八四。
218 林大椿輯《唐五代詞》。香港：商務印書館。一九六三。
219 姜亮夫校注《屈原賦校注》。北京：人民文學出版社。一九五七。
220 胡雲翼選注《宋詞選》。香港：中華書局。一九七二。
221 唐圭璋主編《全宋詞》。北京：中華書局。一九六五。

㉒唐圭璋編《全金元詞》。北京：中華書局。一九九二。
㉓唐圭璋編輯《詞話叢編》。台北：新文豐出版公司。一九八八。
㉔孫中山撰、廣東省社會科學院歷史研究室、中國社會科學院近代史研究所中華民國研究室、中山大學歷史系孫中山研究室編《孫中山全集》。北京：中華書局。一九八二。
㉕袁珂校注《山海經校注》。四川：巴蜀書社。一九九三。
㉖高步瀛選注《魏晉文舉要》。北京：中華書局。一九八九。
㉗高明等編纂《宋文彙》。台北：中華叢書編審委員會。一九六七。
㉘高明編纂《清文彙》。台北：中華叢書編審委員會。一九六〇。
㉙梁容若、齊鐵恨等編《古今文選》。台北：國語日報社。一九五一——一九八一。
㉚梁啟超撰《飲冰室全集》。香港：天行出版社。一九六四。
㉛梁啟雄撰《荀子簡釋》。上海：上海古籍出版社。一九五六。
㉜梁啟雄撰《韓子淺解》。台北：學生書局。一九六一。
㉝許維遹集釋《呂氏春秋集釋》。北京：文學古籍刊行社。一九五五。
㉞陳奇猷校注《韓非子集釋》。香港：中華書局。一九七四。
㉟程樹德撰《論語集釋》。北京：中華書局。一九九〇。
㊱隋樹森編《全元散曲》。北京：中華書局。一九八一。
㊲黃節箋釋《漢魏樂府風箋》。香港：商務印書館。一九六一。
㊳逯欽立輯校《先秦漢魏晉南北朝詩》。北京：中華書局。一九八二。
㊴楊伯峻撰《列子集釋》。北京：中華書局。一九七九。
㊵萬樹撰、楊家駱主編、劉雅農總校《詞律》。台北：世界書局。一九五九。
㊶鄒魯撰《鄒魯全集》。台北：三民書局。一九七六。

㉔² 漢語詞典編輯委員會、漢語大詞典編纂處編輯、羅竹風主編《漢語大詞典》（縮印本）。上海：漢語大詞典出版社。一九九七。

㉔³ 魯迅編《唐宋傳奇集》。香港：新藝出版社。一九六七。

㉔⁴ 劉殿爵主編《先秦兩漢古籍逐字索引叢刊》。香港：商務印書館。一九九二——一九九八。

中國文學古典精華：戲劇選.小説選 ／ 香港中文大學古典精華編輯委員會編纂. -- 臺灣初版. -- 臺北市 ： 臺灣商務， 2000[民 89]
面 ； 公分
參考書目：面
ISBN 957-05-1684-4(平裝)

834 89017292

中國文學古典精華 劇戲選・小説選

定價新臺幣 300 元

編　　纂　香港中文大學古典精華編輯委員會
執行主編　杜祖貽　劉殿爵
責任編輯　湯　皓　全
校對者　許素華　辛明芳　吳雅清　江勝月

出版者
印刷所　臺灣商務印書館股份有限公司
臺北市 10036 重慶南路 1 段 37 號
電話：(02)23116118 ・ 23115538
傳眞：(02)23710274 ・ 23701091
讀者服務專線：0800056196
E-mail：cptw@ms12.hinet.net
郵政劃撥：0000165 — 1 號
出版事業登記證：局版北市業字第 993 號

・1999 年 2 月香港初版
・2000 年 12 月臺灣初版一刷
本書經商務印書館（香港）有限公司授權出版
Masterpieces of Classical Chinese Literature
Cho-yee To, D.C. Lau, et al, ed.

ISBN 957-05-1684-4（平裝） b 56074040